田病詩
花園

岩上——著

老病之苦・頑強之詩
——讀岩上詩集《詩病田園花》

向陽

（詩人，國立台北教育大學台文所教授）

一

　　《詩病田園花》是詩人岩上繼前一本詩集《變體螢火蟲》
（2015）之後的新作結集，收錄他自2014年至2019年五年之間
發表於各大報與詩刊的作品。從1972年出版第一本詩集《激
流》，確立詩壇位置迄今，轉眼四十八年，近半個世紀，連同
這本詩集，總計已出版十一本詩集。[1]量雖不為多，詩的品質
則都在水準以上，風格獨特，卓然成家。2019年國立台灣文學
館出版由我編選的《台灣現當代作家研究資料彙編：岩上》一
書，所收有關他的研究評論資料目錄多達539則，即可印證他
在台灣現代詩壇的重要位置。

---

[1]　前十本詩集分別是：《激流》（1972）、《冬盡》（1980）、《台灣瓦》
　　（1990）、《愛染篇》（1991）、《岩上八行詩》（1997）、《更換的年
　　代》（2000）、《針孔世界》（2003）、《漂流木》（2009）、《另一面
　　詩集》（2014）、《變體螢火蟲》（2015）等。

岩上的寫作生涯如果從1966年他開始在《笠》詩刊發表詩作算起，已超過半世紀，他以詩為志業，從未停歇，也從未餒志。他的詩具有沉潛而又獨特的風格，我在一篇論文〈不離人生、不離人間──冷凝沉鬱論岩上詩作風格〉（2007）中指出，岩上詩作主要聚焦於「生命哲理的探索」與「社會現實的關照」兩大主題；而其詩作特色，則「鮮明地表現在他的語言美學之上」，並進而在冷靜凝定的語言美學之上表現沉鬱頓挫的語境──而這樣的「冷凝沉鬱」詩風，則來自他「不離人生，不離人間」的美學認識和實踐。

二

　　這本詩集《詩病田園花》同樣延續著岩上一貫關照人生、關懷人間的詩風，但隨著年歲的增長，和與之俱來的病痛，表現在他的詩中，更添幾分世事滄桑、人生悲涼之感。岩上寫作這本詩集的第一首詩時，七十八歲，今則已邁入八二高齡，他的詩心依舊強旺，身體則因傷病而漸趨孱弱，幾次面對疾病和可能的死亡威脅，盡入詩篇，過去他較少處理的疾病書寫，從而在這本詩集中佔有甚大的份量。卷二「病」收入的十七首詩作，以及散置他卷與「老」有關的詩作多篇，都寫出了詩人入老之苦、罹病之痛，以及面對生命與死亡的搏鬥時深刻的思索。

　　寫入老之苦的詩，如〈病中心亂〉，寫入院後病床上的憂慮和不安：

晨光亮麗照我孤影
靜坐，想忘遠山近樹田野
心扉於晨風中搧動
守不住自我

思慮進出如水澗奔流
鳥鳴傳何意？
葉落有聲

為何拿不掉那亂麻的心意？
為何守不住那寧境的心田？

我被什麼牽引？
我被什麼罩住？

啊身體的病魔
啄啄叩響
追砍我歲月老化的年輪

　　這首詩寫病房中的靜坐心情，「晨光亮麗照我孤影」以
窗外「晨光」之亮麗襯窗內「孤影」之寒涼，起句不凡；「靜
坐」而「守不住自我」，寫出了「病中心亂」。第二段以「水
澗奔流」、「鳥鳴」、「葉落」三個意象語出之，既是描述病
中思慮的煩亂，也暗喻時間和歲月的無情。末段收於「啊身體

的病魔／啄啄叩響／追砍我歲月老化的年輪」三句，嘎然而止，愈見病中驚起的惶亂以及入老的苦痛。

與這首詩可相對照的，則是罹病之痛。〈喇・痠痛〉這首詩寫詩人脊椎受傷後躺臥、站立兩難的痛切之感，入木三分：

看到床就依戀，想躺下
又有些恐懼
已經沒辦法躺下睡覺
勉強躺下
爬不起來
尿急又爬不起來
尿到床單床墊都濕了
還是唉唉叫

⋯⋯⋯⋯（中略）

像荷花亭立折斷
像氣球洩了氣
像火車輪子脫軌

躺著很好
躺不下去
站著很好
站不起來

現在
只能斜著
半躺半不躺
半蹲半不蹲
成了不像樣的
一條臭蕃薯

　　這首詩以直白的筆法，描繪受到脊椎神經壓迫所苦的病情，語言乾淨而力道萬鈞。「像荷花亭立折斷／像氣球洩了氣／像火車輪子脫軌」三句，具體寫出身體受傷後無法自主的苦狀；末段收攏於「只能斜著／半躺半不躺／半蹲半不蹲／成了不像樣的／一條臭蕃薯」，則寫出了被病痛折磨得不成人形的病中心境，調侃諧謔中，更見其痛。他如〈病房鼾聲〉、〈我的劍遺落在骨科手術台上〉、〈脊椎灌漿手術〉、〈不規則的腳步〉等，也都屬疾病書寫的佳篇。

　　「病」卷中最令我動容的，則是岩上寫另一半罹患支氣管炎入院的諸多詩篇。〈秋剋日記13則〉以十三首小詩串成一組感人的「陪病」組詩，幾乎每一則都是佳構；他如〈肺葉與天空〉、〈濃痰與烏雲〉……等獨立詩篇也是。

　　如第一則：「斜坡的路上／妻的腳步陷落在泥濘痙攣的階梯／／我聞到／她氣喘的聲音／挾有秋風的涼意」，簡短五行，具體勾勒了妻子的病情，而又能指涉老來（斜坡的路上）

罹病（陷落在泥濘痙攣的階梯）之苦，以及老夫對老妻病況的不捨之情（我聞到／她氣喘的聲音／挾有秋風的涼意）。又如第五則：「夜裡／妻咳嗽的聲音／破門襲來／／月光透過窗戶／寒了露水／照在我不眠的臉上」，簡約幾筆，寫出詩人疼惜妻病的深情，「月光」、「窗戶」、「露水」、「不眠的臉上」都是實境，呈現出淒清、寒涼、憂慮的詩境，更是感人。第十一則寫候診室所見：「候診室裡的／病人／楓葉枯黃掛在臉上／另一病人／荷葉進入秋天的萎縮／又一病人／菊花欲墜落／／妻的身影／貼在白色牆壁，等候／轉診」，透過「楓葉」、「荷葉」、「菊花」喻依所見病患，來映襯貼在白色牆壁的「妻的身影」，感傷與不捨，都在言語之外。

　　岩上以入老多病之身寫出的這些疾病詩，在我來看，既是寫實之作、寫情之詩，也是探究生命意義的詩。他以親身（以及最親近的太太）的病痛經驗，寫疾病對身體的傷害、面對疾病之時人的脆弱與渺小，也寫隱然跟隨的死亡陰影和生命的奮戰。收在本卷中的最長的一首詩〈告別〉，以「在門口，我轉身」單句起筆，緊接著一連串「向廬舍的斜影揮手／向書房裡騷動的紅籃筆畫線過的書頁揮手／向我握過的每枝筆揮手／向每一張手稿，我耕植丁丁的字揮手……」，通過「向……揮手」的疊句運用，寫進入開刀房那一刻的複雜（卻又單純）的告別心境，接著轉入「我已經不是我／我是誰？／我到哪裡去？／我要到哪裡去？／我可以到哪裡去？」的生命課題，最後結於這樣的思索：

不論是真實的或虛假的
我要告別身外的一切
也要向自身告別
告別自身負荷的一切
而我要如何告別
如何才能告別
說告別就告別嗎

有一個龐大的結構體
是一個身體世界
一個身體被完全控制的工程
層層圍困的戰地，多少生靈如蠕動的蠢蟲
熙熙攘攘，上下左右
穿梭，一座一座白色的巨塔
白白白的固體，蜂巢的凝結
白白白的流動，竄逐的體液
那是告別的所在，還是
告別後要去的地方？

　　生老病死，凡人都得面對。揮手自茲去，告別「身外的一切」以及「自身」，以瀟灑的手勢，坦然面對疾病與死亡——然則，「那是告別的所在，還是／告別後要去的地方？」則留下了在「生與死／死與生」之間「如何告別」的深沉思索。

三

　　《詩病田園花》這本詩集依主題共分八卷，分別以「詩、病、田、園、花、火、茶、蟬」命名，應該有意反映岩上近五年來詩寫生命經驗的用意。除了前節所述「病」卷以疾病書寫究探生死課題，是岩上之前較少觸及的題材之外，其他七卷大抵延續了他過去專擅的題材。各卷之間，互有關聯，統而言之，不離人生的生老病死、人間的受想行識。

　　「詩」卷中有論詩之詩（如〈詩與詩人〉、〈我的詩，在盒子裏〉、〈瓶中詩〉等）、有敘情之詩（如〈手的枯萎〉、〈大哥在上海〉、〈印尼女傭〉、〈咖啡有壺〉等），也有寫入老晚晴之作（如〈暮春酸味〉、〈暮春隨想〉、〈暮春午後〉、〈乳膠床墊〉等）這類詩作也散見其他卷中。岩上拿手的哲理詩在本書中多集於「蟬」卷，在「詩」卷中，則有〈高空鋼索表演者〉：

　　　　熙熙攘攘的人群
　　　　走過，每天
　　　　白目
　　　　對
　　　　黑目

　　　　只有在高空的鋼索上
　　　　行走和翻滾

人們的注視焦點才在我的身上

鋼索拉緊兩座山的岩岸
深谷漂浮的
一條線
遠渺的
標誌我是線上的一點
露
要分潤滴給那些好奇張開的嘴巴

觀眾眼裡
歡呼聲中，在山下仰望的
戲碼，我是
一滴隱形的淚

　　這首詩表面上寫的是高空鋼索表演者，實則寓有不平凡人
物「高處不勝寒」之意。「在高空的鋼索上／行走和翻滾」的
不凡者固然足以贏得「人們的注視焦點」，終究只是「線上的
一點／露／要分潤滴給那些好奇張開的嘴巴」；而終其極也只
是觀眾仰望的「戲碼」中「一滴隱形的淚」。「露」與「淚」
在詩中作為關鍵意象，點出了「色即是空」的蘊義。
　　最後一卷「蟬」收十五首禪詩，從以蟬喻禪的〈蟬聲禪〉
寫到最後一首〈之外，都是真實的〉，多屬佳構（未收入本
卷，置於「茶」卷的〈雲，我的注視〉也是）。在這一卷中，

岩上以他對佛理、禪宗的領悟，觸探「五蘊（色、受、想、行、識）皆空」的哲理。他寫蟬聲，在「聲域之內」、在「聲域之外」，也在「聲域有無的邊沿」（〈蟬聲禪〉），蟬聲似有若有、似有亦無；佛無所在，也無所不在；他寫蟬的叫聲，以擬聲的「無知無知」（無知有冷熱）、「不知不知」（不知有昨日明日），寫「識蘊」之空，以現代詩的語法表現禪悟之境，頗有可觀。

收在「蟬」卷的壓軸之作〈之外，都是真實的〉這樣表現：

遠山近樹田野的
景象，都是真實的
投射到我的窗口
敘說著寓言

每日我在寓言中生活
體驗我的真實
雲的漂泊和我有書信手稿的來往
聽鳥的歌唱寫有天籟聲韻的詩句

風的羅漢流浪到玉米田停腳
稻穗在風中的繩索沉睡
有夢，真甜
牠們各有戀愛的對象
懷孕分娩繁殖眾多的子孫

欣欣向榮的族譜

在窗口，我享受天倫之樂
太陽
從早晨
拋出到黃昏撞到地球
轟然一響
倒臥於地平線之外，紅橙黃綠
藍靛紫
七彩的光芒

之外之外之外
都是真的

　　這首詩以甜美的語調，寫人生於世所見的諸多曼妙、繁
華與多姿多采。「遠山近樹田野」的美景是「真實的」；「雲
的漂泊和我有書信手稿的來往」、「聽鳥的歌唱寫有天籟聲韻
的詩句」的生活是「真實的」；「欣欣向榮的族譜」、「天倫
之樂」、太陽從早晨到黃昏綻放的「七彩的光芒」，也是真實
的。這些我們五根（眼、耳、鼻、舌、身）所及的五境（色、
聲、香、味、觸），都是這些詩行之中「真實的」呈現著──
但是，詩末兩行語鋒一轉，「之外之外之外／都是真的」，這
些「有夢」頓成虛空。岩上的禪詩，力道如是。

四

　　學者曾進豐在〈論岩上詩的理思與機趣〉一文中曾指出，岩上因為長期浸淫易學、演練太極、涵詠佛老，而在作品中自然流露出人生義理和語言機趣，從他的詩作可以看見「生命本質及人生抉擇」、「易變太極與老莊水柔」、「佛理禪意的滋味」等三種思想源頭和詩作特質。岩上么女、青年學者嚴敏菁也曾發表論文〈在「有」「無」之間流動──試論岩上詩作從本體論到美學的實踐〉，以岩上發表於1973年的詩論〈詩的來龍去脈〉為基礎，論述岩上的詩觀與詩風，乃是從最初的「有」「無」之間，到「有」「無」對立，最後朝向「有」「無」和解的過程。這本《詩病田園花》的諸多詩作，的確都可看到兩位學者所論的特質。

　　不過，《詩病田園花》作為岩上的另一個創作突破點，異於先前所出十本詩集者，則是這五年來他身受老、病所苦，以自身和至親疾病經驗所寫的疾病書寫。他在這些疾病詩中，既真實也深刻地寫出了疾病對身體、心靈的傷害，也成功地以詩與疾病對話，究探人必須面對的生死課題，印證他素所浸淫、參悟的禪詩，讓他晚近的詩作有了更耐人尋味、思索，更加沉澱、晶亮的呈現。

　　已逝詩人、評論家王灝曾撰論指出，岩上是一個以詩印證生命、也以生命印證詩的詩人。這本新著《詩病田園花》寫的多是老病之苦，卻以頑強的詩句敲叩生命的義理。詩寫生命，岩上的詩，已然是無可撼動的存在。

病痛的美學距離
——序岩上的詩集

簡政珍

（詩人，亞洲大學外國語文學系講座教授）

　　岩上先生與白萩先生，是我認為「笠」詩刊中最有成就的前輩詩人。但白萩先生的作品太少，因此更凸顯了岩上先生的重要性。過去我對「笠」詩刊很多詩作的印象是：詩創作經常在意識形態的田地裡耕耘。觀察岩上先生一生的主要著作，可以說完全擺脫這種意識形態的負荷，因而詩學的成長就更為挺拔茁壯。

　　最近岩上先生出版了一本厚達將近兩百四十頁的詩集。這是他八十歲以後的作品，非常難得。這本詩集共有128首，其中有一首〈告別〉114行，一首〈秋尅日記13則〉組詩，97行。整本詩集分成八卷，分別是「詩」、「病」、「田」、「園」、「花」、「火」、「茶」、「蟬」。以前面五卷的名字組合成詩集的名字：《詩病田園花》。

　　這本詩集很多作品創作的時間就是岩上先生脊椎受傷後寫成的；114行的〈告別〉以及描寫妻子病痛的組詩〈秋尅日記13則〉都在第二卷，因此這本詩集的第二卷「病」可以說是本

書的焦點。

　　一般說來，除了洛夫這樣的傑出詩人外，詩人年長後，詩作比較會有「說」的傾向，商禽、周夢蝶等人都是很明顯的例子。詩一「說」，就會散文化。相較於岩上先生過去的作品，無可諱言，這本詩集「說」的成分也稍微多了一些。但這種「說」大都跟身體的病痛有關。痛來自身體，是最直接的語言。痛很難意象化，因為意象的轉化已經衰減了痛的真切感。喊痛的人，身體的折騰非常真誠，任何帶有修飾痕跡的意象，可能是一種淡化。淡化（understatement）與誇大（overstatement）都撇離了現象本身。對於深受痛苦的人，「痛的現象」是最重要的核心，很難淡化，也很難美化。

　　但詩作傳達的是詩，不是散文。如何以詩傳達痛，是對詩人極大的考驗。痛的當事人因為要表達痛，詩行很自然就以「我的痛」當作焦點。「我」的敘述也自然一再再地在自我的痛感中延展詩行。當詩中人以「我」來呈現「我的痛感」時，一則能表較完整保持痛的強度，但也面臨「說痛」的傾向。

　　假如以「我」來觀察「他者」的痛，能形成適切的美學距離，自然有更濃密的詩質。第二卷的〈秋剋日記13則〉就是很好的示範。這十三則都在描寫詩中人的「妻」的病痛。第一則就以這樣的詩行開始：

　　斜坡的路上
　　妻的腳步陷落在泥濘痙攣的階梯

我聞到

她氣喘的聲音

夾有秋風的涼意

　　第一節腳步陷落在「泥濘痙攣的階梯」，一個活生生的意象深刻表達出妻的腳步在發抖，但把發抖的動作投射到階梯，因而階梯在痙攣。「泥濘」是實也是虛。實者，地上也許真有泥濘。虛者，比喻妻在泥濘的腳步幾近寸步難行。

　　由於是「我」寫「他」，他者的苦痛，只能藉由意象去體會，去揣測。不是苦痛直接的發抒，把「痛」的焦點轉移成「我」的觀察與想像，因此也牽動人與人細緻的關係，更能感動人。詩因此也更有了生命感。第二節妻子「氣喘的聲音／挾有秋風的涼意」也是如此。詩中人的「我」從他／她的氣喘，感受到秋天已經來了，涼意席捲心靈，面對人生無可奈何的想像，以及想像中可能悲涼的結局。

　　其實，秋天的意象一直貫穿這十三則「日記」。舉秋天相關的意象也貫穿這十三首詩。意象無疑是詩的代言人。意象不說，卻讓讀者感受到痛所觸發的心情。意象不說，卻更能引發讀者心中感受的痛。如：「她的身影／拉斷風箏離我一段距離」。讀者體會到詩中人對妻子的擔心會離他（我）而去，像拉斷的風箏。「我」與「他／她」的距離也暗示了生與死的距離。意象不是直接描述痛，卻引發詩中人的痛，讀者的痛。

　　同樣，「妻咳嗽出血的痰／秋天落日晚霞的紅」，前後毗鄰的兩行，意象悲喜相對，卻相互投影。兩行之間不用明喻

的「像」，也不用隱喻；卻直接並置，隱藏的相似，卻又隱含相對的悲喜情境。底層深處是古典文學眾人皆知的「夕陽無限好，只是近黃昏」。詩中人的「我」從妻子痰的顏色，一定觸目驚心，心中閃現的是三者：秋天、落日、晚霞的紅。當然，詩中人所擔心的是緊接的冬天、日落、無止境的黑。痰的顏色暗示了妻子身體的痛，秋天黃昏的意象暗示了詩中人心裡的痛。

這一組「日記」中，第五則很突出，很有韻味。

　　夜裡
　　妻咳嗽的聲音
　　破門而來

　　月光透過窗戶
　　寒了露水
　　照在我不眠的臉上

短短兩節六行，很值得品嚐。這一首「日記」大部分是詩中人陪著妻子，妻子痛苦的情境是視覺意象。但這一首詩是透過聽覺的感受，而這個聽覺又以視覺「映照」了詩中人心裡的感覺。妻子咳嗽的聲音「破門」而入。不是「穿過」，不是「滲入」，這些詞語都太溫和了。「破門」是讓人心驚的聲響，這個聲響可能是客觀，也可能客觀夾雜了一些主觀。主觀是因為為人夫的詩中人對妻子病情的牽掛，無意中將所聽的聲響放大。如此的音量是心靈的迴響。

與第一節相對的聲音，月亮在第二節透過窗子，帶來寒意。寒意因為秋涼，也因為心中的憂心。因為憂心，月光照在詩中人無法睡眠的臉上。意象非常簡潔，沒有說明的痕跡，但讀者深深感受到妻子的病痛，詩中人的心痛。

　　有時，將「我」的敘述人稱轉換成「他」，描述自己類似描述他人，也能讓「說」的成分降低，而以意象展現「病痛」動人的面向。〈植牙〉一詩就是如此：「咬破多少歲月難耐的／結石／他原本堅硬的／終究鬆落了牙根的蛀痛／才深深體會／一切都需要裝換」。由於人稱的轉換，自身的感覺略微抽離，意象展現了動人的一面。

　　有時，岩上先生觀照的距離拉的更遠，將自我完全從病痛的身體抽離，將所見所感變成省思的對象，讓詩富於生命感與哲學厚度，如〈手的枯萎〉與〈不平之眼〉。〈不平之眼〉是如此開始的：

　　　　右眼手術之後
　　　　我仍然失去左右平衡
　　　　左為陽
　　　　右為陰
　　　　難道我陽旺陰虛

詩行經過一些思維與辯證之後，最後一節的結論是：「這世界原本不平衡？／我的模糊／自視了自我的平靜」。整首詩知性的辯證，邀約讀者進一步的思維。

富於哲思的詩作是這本詩集的亮點，雖然為數不多，值得讀者細細品嚐，如〈有無二行〉，〈蟬與禪〉，〈月蝕〉，〈井中之鏡〉」。由於我也寫過一首〈坐蟬〉，利用蟬與禪相同的發音，展現詩趣，我特別引用岩上先生的〈蟬與禪〉跟讀友們共享：

　　　蟬聲
　　　響，森林也響
　　　禪坐聲域之內
　　　吱吱——

　　　蟬聲
　　　響，森林也響
　　　禪坐聲域之外
　　　——

　　　蟬聲
　　　響，森林也響
　　　禪坐聲域有無的邊沿
　　　吱——吱——

　　總之，這本詩集的核心感受是病痛，但詩作透過不同敘述人稱讓讀者體會到處理病痛的美學距離，很值得讀者細讀參考。

目次

卷八、蟬

卷一 × 詩

詩與詩人

來自探索物象的真相

投射的最初

直覺的本原

以嬰兒初感的眼睛

交感的

變體，穿透內心

模糊的層層疊疊的肌理

飛動語言的流質到擇善真美的

宿留

因發現而命名

詩人敏感的延異

涉身在現實與夢境的接縫

指事或會意

不全在象形的圖像裡

萬象的即物也有音律彈擊的節奏

躍越夢境的網路

尋覓真實生活的血肉

燃燒靈魂紓放的光彩

孤寂的

頂峰
轉注獨行的身影

注視大地的邊陲與泥土生育的苦痛
虛冥遐想的假借
無極的寧靜渾沌之蒼穹

2016/3/1寫

刊於鹽分地帶文學65期2016/8/31

台北，飛起我詩的能鳥

我向台北走來
路，不斷地把我拋下
我是陌生的路人，台北
令我迷路的網
縱橫分歧而迷茫

高架路越造越高
高出我的視線
我鉤不到認路的方向
地下鐵越挖越深
我探不到他的去路
比鄰的高樓大廈
成為路的城牆
我是一隻
不能爬高走低的螞蟻

一〇一大樓
一枝圖針，釘住台北地圖
我沒有身影
更沒有發出聲音的喉嚨

而我的詩

是能言的鳥，一隻一隻

飛過一○一大樓頂端

穿越雲霄

2019/5/6寫

刊於文學台灣112期2019年10月15冬季號

春華十行
——為雕塑名家謝棟樑《春華》作品而寫

妳我陰陽原為一體
歲月割裂
望穿各在天涯
如今奔流的弧線
拋回

不憶情緣千古流盪
但求混成一心永愛
無時光的天荒
不視境域的地老
僅擁春華

2015/4/16寫
刊於2015年7月8日《中國時報‧人間副刊》

泥土喧嘩之巔
——詩寫陶藝名家蔡榮祐先生

泥土靜默的等待
駕馭心靈炙熱高燒的軌道
從庶民生活的素樸形象
異化思唯崩裂的
肌理，流向陌生的泥濘變質之路
捕捉釉色華美奇麗的浪漫星河

喧嘩的泥土變異之騷動
塗上螺旋狀的水蠟，再加
乳白成自然的旋動
華表，如太極的圖騰

繽紛，手掌的世界
淨空回響的鐘聲
回音壁厚實的
容顏，亮奪自在的
渾成，鏗鏘的燃爆
崩攪壓劈截洗的劍光
抽點拉坯，旋出磅礴的空茫

火氣旋之又旋，玄之又玄
岫出霧峰之
巔

2019年3月11日寫
2019/5/28刊於自由時報副刊

手的枯萎

您的手掌
下垂
已貼近日薄的地平線
我才感知
握住
那微弱的地心跳動

脈搏浮動歲月裡的
風霜雨疾
暴露
已蒼老的肌膚

如將枯萎的葉片
驀然夾在指間
滑落
一滴欲流淌而彌留的
鹽

凝結的
終站

我捧起

一堆冷卻的灰土

2015/9/16懷念母親而寫

2018/8/8刊於自由時報副刊

高空鋼索表演者

熙熙攘攘的人群

走過，每天

白目

對

黑目

只有在高空的鋼索上

行走和翻滾

人們的注視焦點才在我的身上

鋼索拉緊兩座山的岩岸

深谷漂浮的

一條線

遠渺的

標誌我是線上的一點

露

要分潤滴給那些好奇張開的嘴巴

觀眾眼裡

歡呼聲中，在山下仰望的

戲碼，我是

一滴隱形的淚

2015/1/7寫

刊於《文學台灣》94期2015秋季號

大哥在上海

大哥在上海浦東，住在1960年代統一性的
嶗山新村，單調規格窄小的公寓
第五樓，陡斜的木板樓梯和地板
只一張床，矮小房間
一個窗口，可以探望天空和窄巷
一枝鐵管再架一枝竹竿
伸出去窗外，迎取陽光
曬衣物

大哥已穿久的鬆弛內衣褲在風中飄揚
他不俯視簡陋巷弄的行人
也不遠看浦東地區新興高聳的摩天大樓
只仰望天空的浮雲
茫然失落的眼神流閃在淚濕的眼眶裡

我三次到上海看過大哥
只有我能了解大哥眼神的默然裡有一口深井
他的視力聽力
都還很好
膝蓋已無力爬上下樓梯
嘴巴只剩幾顆門牙

他會講日語普通話福州話上海話寧波話
都和我用台語交談

語言是一種被利用的騙術，對大哥來說
假借學「國語」閹割了他的青春
語言的失落，改朝了他的一生滄桑
大哥和二萬多戰後的台灣青年
從日語的切喉
掉落「國語」的陷阱

好深惡的騙局羅網
從基隆口押拖到秦皇島登陸
大唱「反攻大陸」「解救同胞」這個就是學「國語」
1946年9月1日到4日二戰後美國的軍艦上
大哥的同袍要跳海自殺
因為他知道同胞不是在中國
只想念剛結婚的新娘在島上揮淚

大哥的母親和兄弟姊妹都在
這個叫台灣的島上，不知他的去向
大海茫茫四天軍艦的航行

被編入陸軍62軍95師團的大哥
不知何故成為國共參戰的二等兵機槍手
他不知要去攻打什麼人？
在寒冷的北方
大哥寄回一張穿棉襖軍服的相片
母親的想念悲泣的淚水
比嘉義吳鳳路還要長遠，相片人影更遠在天涯

北津戰役和上海塔山會戰烽火中
大哥慶幸沒陣亡
皇皇的「國軍」在上海潰敗
成喪家狗的「95師獨立軍」也挨
共軍包圍擊敗
海棠葉從此變色，大哥音訊全無

95師退守曾駐紮嘉義，大哥沒隨軍回來
大哥在戰火中已成為砲灰?!

大哥從上海向南方流浪
尋找靠近家鄉的路，餐風
宿露行乞三個月，到達廈門
東望台灣，不會唱「黃昏的故鄉」只能吶喊

砲火隔離比海峽還要遙遠

只有夢裡的家鄉最親近吧

1977年母親病逝，未能再見大哥含怨而終

怪奇的是似乎母親的靈魂

引回大哥還活著的消息

那年冬天嘉義地區飄落一批「共匪傳單」

有人秘密傳遞給我一張，驚訝

統戰宣傳內容相片極似大哥

遂經海外秘密轉信證實大哥沒死

且已娶妻生子

經十年的輾轉與大哥通信，信箋歷歷血淚

1987解除戒嚴，隔年我去上海

和大哥及其家人見面

四十多年的親情隔離和人生的滄桑

幾行淚水只是象徵的切痛

一切都已改變

沒改變的也急速變幻成煙雲

時代背景和歷史命運的糾結用什麼回答這一切

大哥已90歲高齡

人生的上下已如木板的樓梯

再爬也無聲，如還不過就只欠跌落的那一響

大哥的眼神掛在窗口

上回上海一別，我們兄弟可能是最後一次見面

大哥保重

2018/1/11寫

刊於笠詩刊323期2018年2月號

印尼女傭

離別故國熟悉的山林田野
離別家鄉的貧饑土地
離別父母丈夫與女兒注視與揮別不捨手臂
離別不知飛往何方的
空港
印尼爪哇籍27歲的希蒂siti
離線，離成長故鄉之樹根的脈線
孤身投入陌生臺灣家庭

抱著離鄉背井，以啟生活的山林的精神
沉默日夜行做卑微傭役的工作

已經3年，曾在臺北照顧一位老翁病人
已學會基本日常通話語言六、七分
長眼睫毛大眼珠的黑妞
現在來到我家
成為我家的一員

她的來到，有她的羞怯
她的來到，有我的不安
我已成為24小時日夜須要照顧的病人

我無神注視她異國樸實的青春
她看我是一具有病的身體

每天三餐為我烹飪煮飯燒菜
端到我面前
為我剝蛋殼泡牛奶挾菜
上廁所幫我脫褲子穿褲子
幫我洗澡洗頭擦背
洗衣物床被
晨昏陪我庭院草坪散步
幫我煎藥服藥
夜裡睡在離我不遠
隨叩即叫醒
扶我起床尿尿
再扶我上床入睡
好幸福呀　　我的悲哀

她喜歡喝咖啡
不吃豬肉
她不常有笑容
和我養的一隻本土黑狗kulo

丟球追逐時才會發出快樂的笑聲
會陪我飲幾杯高山下午茶

她有力黑質的手臂
勾抱著我的肩頸
我四肢無力
好悲哀呀
我的幸福

2019/8/7寫

註：印尼女傭siti於2019年7月24日來到我家，她是印尼
　　爪哇瑪克丹人，我與仲介和她簽約3年，期間她要
　　日夜照顧我起居生活。

我的詩，在盒子裏

有些人把他們的詩
放在陽光下，太亮
我看不到詩

我的詩在盒子裏
不是怕風雨
他像蕃薯
他像蔥頭
從土地長出來
必須低頭才能看到他的存在

有些人他們的詩
透過樹蔭的讀解
閃爍延異的意象

我的詩
藏在盒子裏
不是怕陽光
他像蕃薯土豆
他像芋頭

要俯身低頭

才能把他挖出來

2019/3/7寫

刊於掌門詩學刊75期2019/7出版

暮春酸味

我緩緩地從椅子上，尚未站起來
家裡養的黑狗已迅速衝到大門口，迎接
訪客，我的老境被宣告來臨

夕照不再鮮美艷麗
灰茫的天空，寫著
剛剛興起卻已忘記的詩句

幾隻鳥飛過
分不出什麼聲調的鳴叫
有著哀傷風笛的低吟

一壺茶，沖了再沖
已經沒有甘味

暮春的午後，燠熱
沒有雨滴
只熬出一身汗流的酸味

2019/4/27晨寫
刊於笠詩刊331期2019/6月號

暮春隨想

春天在我家庭院
繁花綠葉中
停留片刻就溜走了

漫長過往日子
沒什麼燦爛，一瞬也要飛走了
要走了的
春暮的熱潮，更是冷寞的
寂靜，在陽光下的孤影中
似乎無言的結局

距離秋決還有一段時日吧
燠熱夏季
暴風雨與烈日的煎熬
感覺是坎坷之路
即將來臨

清晨的涼風
吹散了昨夜鬱卒的夢
黃昏的夕照

是要提掛一份什麼樣的心境圖象？

隨著日暑的腳步移動吧

2019/4/7上午9點40分寫

暮春午後

徐風的無形羽毛
浪過翠綠的稻田
浪過吐露花穗的玉米田
挾著芒果花香
陣陣而來

暮春的午後
陽光的腳步
以注射顯影劑的熱潮
通脈寧靜的山丘
村落裡唯一的小吃店
門外的土黑狗
睡得很入夢

午後
煮一壺大禹嶺高山茶
獨飲，田野中的軒樓溢出
金黃色的茶漾
窗外
流盪一股沏茶的回響

日子清淡地拍打溪畔的

蘆葦花

白給天空的浮雲

仰望給白鷺鷥的飛翔

2019/4/3寫

咖啡有壺

咖啡有壺

才能脈注濃情

點滴傳香

隔山越海扣守心喉

有寄遙遠

接手意深

暖暖飄飄

冬日陽光

甘醇肺腑

杓杓舀起

一口一口相握的

知音水瓢

刊於笠詩刊333期2019/10號

◎2019年1月13、14日笠詩社同仁林鷺、利玉芳詩人來訪
　小住。林鷺見我泡咖啡無水壺、杓子、刷子，返回即
　寄贈。宅急便剛收到，即興小詩一首，表示感謝與紀
　念。2019年1月18日午時。

乳膠床墊

乳膠床墊讓我

睡入母親溫暖的懷抱裡

飄夢到雲端

吮嚐乳香

輕輕呼吸的鼾聲

應和著

海波輕浪的起伏

小小一塊四方的世界

縱橫童年到老邁的阡陌筋骨

木板與乳膠床墊之間

一條深邃的

歲月的海溝,有些暈船的

沉睡

一種老境的夢

2019/1/19寫

刊於笠詩刊333期2019/10月號

◎我從小到老都睡木板床,大女兒發現我已老邁冬天寒
　冷,買一張乳膠床給我,貨到我還拒絕,女兒說用一
　星期,如不適合她拿回去用。有記。

月
蝕

妳的眼睛
還有一半
瞄著我

心
已偏離
成為直線的陰影

2015/4/4晚月蝕寫
2015年10月6日刊於聯合副刊

瓶中詩

把詩句裝入玻璃瓶中
詩就有了些規矩而不安的美態
他絕對是親手純果汁打的
非化學粉泡的

他可能隔水越洋漂渡，他
無法飛躍雲天

他會和壁虎一樣
吃了多少蚊子都透明而顯露
結構的骨骼呈現原始性單純的圖案
沒有飛蛾撲火的技倆
沒有傳聲筒高調的聲音

他是孤獨的
只有寂靜的午夜，才會吱叫
但不是櫥窗品
更無法販賣

如果有人想探手
他不能吃

如果有人想把他抽出來解析

他也沒有什麼內容

2019/9/29晨寫

井中之鏡

一口井能深藏多少
內心世界的
波濤，一張臉
印映一個圓面的奧秘

不同的探望
各有無言的心境
平靜的
鏡

提一桶井水
打破一面鏡
深深的汲汲的
喘息
碎破了心底的追問

無底深淵垂放的繩索
通往虛擬的地洞
存在著
飢渴的流沙，無止境的
慾望奔流

2015/10寫
刊於鹽分地帶文學62期2016/2/29
選入《2016台灣現代詩》春暉版

巻二 × 病

植牙

咬破多少歲月難耐的
結石
他原本堅硬的
終究鬆落了牙根的蛀痛
才深深體會
一切都需要裝換

缺口的
蛀洞的
動搖的
修補一下嘛
已不合商品時宜

更換
從裝假牙開始
注射麻藥
卡擦連根拔掉

妝得更有門面
短期間的
造林／打樁
植移

真是的
假的比原本真的更有
光亮

2015/1/27寫

刊於鹽分地帶文學56期2015/2/28

不平之眼

右眼手術之後
我仍然失去左右平衡
左為陽
右為陰
難道我陽旺陰虛？

物之所視
為實象的變體
難道我已高到離現象世界？

如今
日日觀物
物物糢糊
如今

我終究明白
現實之非我，乃因
我自體的退化突變
物象糢糊
是否物的本體也不清
是否我從不平衡的角度
無法觀測物的本相

才知原來物象本然存有
自我模糊了觀點
物的不明
物我之間
是共生成的存在

這世界原本不平衡？
我的模糊
自視了自我的平靜

2015/4/4寫

2015/8/5刊於自由時報副刊

秋尅日記13則

1　×月×日

斜坡的路上
妻的腳步陷落在泥濘痙攣的階梯

我聞到
她氣喘的聲音
挾有秋風的涼意

2　×月×日

她的身影
拉斷風箏離我一段距離

她提起手
比劃我先走
我頻頻停步又回頭

秋風吹落了
片片黃葉

3　×月×日

扶著妻的手

走著下坡的

台階

日光伏流著一段懸崖

冰冷的手

預告

秋天的煞氣已逼近

她的氣管

4　×月×日

夏盡

秋金氣煞漸厲

大地土溫荒殘氣瘠

氣喘的胸膛城郭

終於失守

妻的咳嗽聲

搥窗慄慄

冷風吹

5　×月×日

夜裡

妻咳嗽的聲音

破門襲來

月光透過窗戶

寒了露水

照在我不眠的臉上

6　×月×日

陪妻去醫院

那輸送著醫療作業的工廠

進出擁擠的病體

-抽血照透解析

妻的肺部披露在秋空的灰雲裡

燃燒著

夏盡虛火的躁熱

7　×月×日

妻
咳嗽氣喘

一顆又一顆
藥丸
類固醇
滴流的注射液

我輕拍她的背部
擊出秋風掃地的聲響

8　×月×日

煎熬漢方水藥
滿屋藥味迷漫

一碗一碗
烏黑的清潔劑
能否清除肺葉的脈絡污穢？

妻咳出血絲的痰
秋天落日晚霞的紅

9　×月×日

藥物點滴
奔竄撞流，輸入
妻手臂的血管
氾濫五臟六腑的大地

不知哪一滴管用？

大樓病房玻璃窗外
秋空灰濛的病症
滿腔痰濃化不開

10　×月×日

妻喊骨節疼痛
皮膚碰處即瘀血
烏雲朵朵

我揉著她的手臂
一把流沙
涉過青春的漏斗

秋已殘

11　×月×日

候診室裡的

病人

楓葉枯黃掛在臉上

另一病人

荷葉進入秋天的萎縮

又一病人

菊花欲墜落

妻的身影

貼在白色牆壁，等候

轉診

12　×月×日

冷風裡

X光透視片

妻的肺葉飄搖著秋空中

一灘灰雲的痰水

濕冷的霧氣下降

虛火燻騰上升

模糊的胸膛天空

冷熱交戰的
喘

13　×月×日

挽著妻的手腕
赤足慢步踩著田野小路
大地土氕可護金

金氕的肺腔起伏
輕咳一聲

秋涼的天空
清朗無雲

2015/10/16寫11月30日修改
發表於笠詩刊310期2015年12月號
後略有修改

當我在夢裏

那個常感覺存在的那個
我，有呼吸有饑餓有興奮有疲勞
有眼力不足有悲傷有喜樂的
有規矩的

在夢中
他自己，任意性的
我的影像就是我的身体
隨時隨地飄忽
切斷時空的壘石

嬰兒吸吮的乳房突然
跌落山谷，哭出
水澗的淚
一夜星辰的流雨

喚不回的一列氣喘的火車輾過
軌道的大腿發出吱吱電極撞火石
有蝴蝶激憤飛起的
青春激動
櫻花和楓葉不同季節的羽翅
同時紛飛

忙亂的揮手失落了的愛情
信箋的撕裂
再撕落葉已繽紛

刊於《笠》詩刊324期2018/4月號

失眠之夜

腦海閃爍的波紋反映了外在

夜景的光與影

線的清晰與象的糢糊

交錯的投射

都想刺破腦的厚牆

鑽入夢境

找不到門扉的影像

惶惶徘徊在陌生的街頭

並頻頻回首的不安

想望盡霧迷裡的深處

只有牆和玻璃的反射

燈光裡的都會圍城

層層散亂語言字句的堆砌

突然爆破般的磚瓦

錯亂漂飛擊打

夜的歧路，悶燒煙霧

禁宵，沒有入眠的通道

2017/10/6寫

刊於2018年5月鹽分地帶文學74期

喲．痠痛

看到床就依戀，想躺下
又有些恐懼
已經沒辦法躺下睡覺
勉強躺下
爬不起來
尿急又爬不起來
尿到床單床墊都濕了
還是唉唉叫

有那麼嚴重嗎
腰部拉傷，接不到地氣
有那麼嚴重嗎
就是動彈不得
那個要命的筋骨角度鬆弛

像荷花亭立折斷
像氣球洩了氣
像火車輪子脫軌

躺著很好
　　躺不下去
站著很好
　　站不起來

現在
只能斜著
半躺半不躺
半蹲半不蹲
成了不像樣的
一條臭蕃薯

2019/4/8寫
刊於笠詩刊331期2019/6月號

在醫院裡，沒有詩

輪椅和病床在大醫院穿梭
推來推去
一張輪椅裡有我暈轉的身影
怎麼會有詩

電腦斷層檢查
乘坐飛機的感覺，忽降忽升
顯影劑的熱潮
通過全身不穩定的氣流
沒有方向的航行
怎麼會有詩

骨骼掃描，一節一節
脊椎鬆散的推進
像火車的連接空間
有窗口的美麗風景
我此刻進入亮光中的黑洞
未來的風景在何處？
沒有詩

一小瓶二小瓶三小瓶，抽血
四小瓶有些抽不出來

是否我生命的油膏已殆盡
拔針又一陣痛
怎麼會有詩

一大早就到醫院
排隊，沒吃早餐
空腹咕嚕咕嚕響到已過中午
醫院變妝另一面
餐廳百貨店
我買一瓶豆漿一塊肉夾餅
暫時鎮靜飢餓胃囊的吆吵

小桌上
一張遺落的人間福報，隨手一翻
有一位熟悉朋友的詩作
我沒戴眼鏡，小女兒唸給我聽
忽然我說有詩啦
有紙筆嗎？
「沒有，
我給您錄音，爸，您講。」
山雨欲來，一隻白鷺鷥愴惶地飛行
要歸巢！

「爸，醫院這麼多病痛的現象，
您沒有感受嗎？」
有，我感受我的病痛，
和別人的病痛一樣深刻，但沒有詩

詩，是不能太貼近現實
我把詩轉換到離現實遠一點，
可以減輕人間的痛苦
有一隻白鷺鷥
飛向遠山，
黃昏的風雨即將來臨。

2019/6/19寫

刊於《笠》詩刊332期2019/8月號

病房鼾聲

隔床病患的鼾聲

穿過我耳朵

穿過我疼痛的脊椎骨

穿過我崑崙頂到湧泉穴

我在聲浪中漂浮

深夜

寂靜的病房裡

注射的點滴，流入全身血脈

轟然回應

鼾聲如垂鐘的撞襲

失去自我生命的節奏

忽高忽低，血壓

遊走雲端與海洋

脈搏與靈魂拔河

找不到進入夢鄉的門扉

2019/5/14寫

刊於笠詩刊332期2019/8月號

肺葉與天空

一個人丟在空洞的屋裡
一個人睡在寂靜的床上

另一半
吊掛在醫院的點滴裡
咳嗽咳嗽咳嗽
吸入人工製造的氧氣
吐出人體冒竄的濃痰

晨起窗外不見遠山
是霧濃還是空氣污染？
不明的天空
不明的X光下的肺部
迷霧
濃痰
恍惚了我的日常

我要亮麗的天空
我要清明肺葉的影像

2019年1月1日妻支氣管炎發作住院有感
1月4日晨寫
刊於鹽分地帶文學82期2019/9月號

濃痰與烏雲

天空的濃痰
壓在妻的胸脯上
她的肺葉氾濫著烏雲

肺葉的清流
隱蔽在天空烏雲後
妻咳嗽
天空也咳嗽

震動了我夜間的四壁
寧靜的村落
遠處的狗吠聲
傳來與妻的咳嗽疊聲迴響
我的不眠
輾轉徹夜木板床的斜坡

妻的咳嗽是對身體的反抗
妻的濃痰是一種不滿？
天空呀
何時清朗

2019/1/16寫

刊於鹽分地帶文學2期2019年9月號

秋煞氣喘

1

夏盡

秋金氣煞漸厲

大地土溫荒殘氣瘠

喘息的胸膛城郭

漸失守禦

妻的咳嗽聲

如冷風搥窗慄慄

2

夜裡

妻咳嗽的頻率

穿門傳來

月光透過窗戶

寒著露水

照在我不眠的臉上

3

妻

咳嗽氣喘的通道

塞滿一顆又一顆

藥丸

類固醇

我輕拍她的背部

發出秋風掃地沙沙的聲響

冷風裡

X光透視片隱隱

妻的肺葉飄搖著秋空中

一灘灰雲的痰水

4

濕冷的霧氣下降

虛火燻騰上升

妻模糊的胸膛天空

冷熱交戰的

喘

2015/10/25寫

刊於2016年1月《文訊》363期銀光復刊

病中心亂

晨光亮麗照我孤影
靜坐，想忘遠山近樹田野
心扉於晨風中搧動
守不住自我

思慮進出如水澗奔流
鳥鳴傳何意？
葉落有聲

為何拿不掉那亂麻的心意？
為何守不住那寧境的心田？

我被什麼牽引？
我被什麼罩住？

啊身體的病魔
啄啄叩響
追砍我歲月老化的年輪

2019/7/29晨寫
2019年11月24日刊於聯合報副刊

告別

在門口，我轉身

向廬舍的斜影揮手
向書房裡騷動的紅藍筆畫線過的書頁揮手
向我握過的每枝筆揮手
向每一張手稿，我耕植丁丁的字揮手
向我賣不出去的詩集揮手
向我掛在牆上自我療傷的詩揮手
向庭院的落花和枯草揮手
向五葉松羅漢松揮手
向變色的楓樹揮手
向大門深鎖揮手
向電桿不夠直立揮手
向電線上麻雀們的音符揮手

揮手揮手揮揮手
向火燄山的遠藍近綠與火樣的稜線揮手
向烏溪淙淙流水與芒草揮手
向藍天綠野
白雲隨時走秀飄盪換妝揮手

我被自身解構逐漸碎裂支解
告別中央指揮系統的軀體
告別意識的自我
我告別妻子
告別孩子們
告別孫子們
告別親戚朋友們
告別和他們的牽連細線繩索

我已經不是我
我是誰？
我到哪裡去？
我要到哪裡去？
我可以到哪裡去？

而我真的是釋放嗎？什麼讓我釋放
我釋放什麼？
我有什麼可釋放的？
釋放到哪裡去？
那個可讓我釋放的地方是什麼世界？

我在被麻醉與迷夢中
在陰陽不分的漩渦中
那是最初還是最後？
我不知最出從哪裡來
就能知道最後到哪裡去嗎？

那麼多的不知，不須要讓我知道嗎
而我知道有用嗎
我已不是我原來的自己
歷經歲月的摧殘誰會是原來的自己
所謂自己
定位在什麼時空？

而要定位我的時空又在何處？
一隻游洋的海鯨？
一粒淵海婆娑中的浮美島嶼？
啊燈塔呢
啊國籍的旗幟呢
茫茫呀
茫茫的海波
茫茫的腦海

已非自己的，所謂自己
只是一塊材料加一個有出生日期的標籤號碼
從輪椅的滾動到活動病床的推動
軀體材料赤裸裸
赤裸裸的透明
每一塊骨頭
每一塊肌肉
每一粒細胞
每一條神經血管
血管裡的脈博與生命血流動向

抽血抽血一瓶一瓶一瓶瓶
無法隱身的顯影劑
X光透視了我的空無
骨骼掃描，每塊骨節的動盪不瞄準固定的目標
斷層掃描，層層器官的組織主體性的判變
核磁共振，高解析解析影像然後被自身所析解
強光下，手術臺上，高解析度電腦組合的
戰區，刀光劍影，飛彈遙控的直射
破壞，縫接，移植，組合
我是沙盤演練實際的獵物

我進入到非人的機械的控制
以非人的世界回視人存在的無耐
我已失去了我存在的自我掌握的機能

在那由人築構而非人的世界裡
湧來流去的
是人的模樣在高度機器掌弄下的
山寨，大碗喝酒大塊吃肉
轟然下山出草
流竄，燒村掠奪
我的領空領海領土，畀給了白鷺的抽血針
餘肉，我的畀給了烏鴉的聒叫
麻雀們是未嚴格訓練的游擊隊
專偷襲稻穀的白血球乳汁，激戰不分良莠
如同秋末的稻田，全收割
收割機沒有分類的意識，全殺
好人惡人在瘟疫的村庄死於火場
殲滅是治療唯一手段

核彈炸滅後，幸存的
都是半條命的，苟延殘喘者

不論是長崎廣島或海嘯的福島

細胞一樣本質性的斲喪

人體的免疫像籬巴的疏漏

不論是真實的或虛假的

我要告別身外的一切

也要向自身告別

告別自身負荷的一切

而我要如何告別

如何才能告別

說告別就告別嗎

有一個龐大的結構體

是一個身體世界

一個身體被完全控制的工程

層層圍困的戰地，多少生靈如蠕動的蠢蟲

熙熙攘攘，上下左右

穿梭，一座一座白色的巨塔

白白白的固體，蜂巢的凝結

白白白的流動，竄逐的體液

那是告別的所在，還是
告別後要去的地方？

2019/9/30寫

刊於創世紀詩雜誌201期2019年12月冬季號

我的劍遺落在骨科手術台上

我被推進經過很多森林通道的
秘室裡
醒來，我丟掉了我的劍
全身麻醉失去了
我的三魂七魄
手術刀比詩厲害比黑森林更黯

詩是劍嗎？
我感覺李白，掉落很遙遠的唐代
我握不住李白的劍
卻可以劍圈點李白的詩句

斷裂手臂握不住詩的劍法
劍法與詩法在左右虛實變化中
生成無法，如夢如幻
我一時成為獨臂，全虛的
蓮花一枝頹萎，我的詩將如何
再爬登高峰

虛劍在冷風裡舞著月影
我的陽手支撐著生活的碗筷
碗筷不是實在的劍法

我的左和我的右
交鋒的決鬥
一時失去手臂的省思，詩牽罣著
遙遠的海洋
浪濤著劍光

2019/8/11中午跌倒，左手臂斷裂，下午送進骨科
　　　　　醫院急診手術
　　　　此詩寫於2019/8/13

落髮

葉落飄飄
繽紛大地
秋已深

我的髮
在微風中輕拂繾綣
髮黃如葉
葉枯如髮

葉落了
秋殘
髮落了
歲月的流傷

2019/10/6寫
2019/11/14刊於人間福報副刊

脊椎灌漿手術

被歲月掏空的脊椎骨質
疏鬆失去站立的支持
無法豎起自治主權的旗幟

倒臥如一塊蕃薯的土地
只剩聽得互相叫罵的風聲
噴灑虛擬的
建構的泡沫

在腰椎裂縫中，注入
能硬起來的水泥，有骨氣的
站起來

我唉叫，昏迷
強光下，手術臺上
火沏冰石的
歷煉，肉搏戰的
一場革命

2019/5/14寫

刊於自由時報副刊2020年1月6日

不規則的腳步

夏日午後的一陣雨
山風，挾帶著尖銳的細針
感覺涼冷
我的手杖，女傭牽著
散步的庭院
我的恍神
有點樹根要被風吹拔起的
咳嗽

脊椎灌漿手術未癒
左手臂又跌倒撞裂
平衡的失去，身體虛弱
傾斜，我的地球成扁狀不圓的
滑行

不規則的腳步
忽出太陽，忽又下雨
左腳，哀疼痛的旭日
右腳，瘓無力的夕陽
顛簸了不平的土地
接不到地氣

2019.08.27寫

巻三 × 田

白鷺鷥飛變十三首

1

晨曦初露
鷺鷥從山嶺陰黯的背面飛起
一群白，白點搶灘

翅膀的拍動
挾著昨夜消化完了魚蝦蚯蚓的夢
空盪的胃囊
滑溜太陽絲線的移位

為覓尋白光下暗底裏的獵物
頡頏的飛行
靜默的出草
屏息不得已的饑餓

瘦肉的軀體，虛幻
實物的早餐

2

晴朗的天空讀著
亮麗陽光的字句
白鷺鷥們優雅飛行的章法

交錯寧靜田野有著和協詩歌的對唱
眼睛裡都亮著
今日甜美出航的進行曲

平穩的軀體
韻律操的翅膀，打拍子滑翔
一隻一個音符彈奏阡陌
有時打結的音鍵，仍是
爵士樂的
激昂
音感的形相，撞擊了藍天

今天是美好的日子?!
要等待
天邊一遍烏雲是否飄來
才能做答案

3

一聲春雷
閃電了鷺鷥的心房
冬寒的冰錮嘩啦摔破
解放不必理由

自由飛行的美感
藍天與大地的接鍊已解鎖
狗群夾尾逃亡的冷風

玻璃透明的天空
任意飛翔
一
字
排
開
的
大
展
翅

鷺鷥瘦身的美姿
清一白色的服裝秀飄飄然而來

4
一群白鷺鷥一同時針飛起
越飛越脫隊

漸成孤單的

一點，白了天地的蒼茫

白白白

白不知黑雲佈陣

即將被蓋飛奔而來

5

風雨中的鷺鷥

白不了

風槍雨鞭的摧打

天昏地暗飛行儀的筋骨脫落

翅膀划不動風的波浪雙槳

身體載沈載伏

成了大海浩瀚中一隻沒有發條的小舟

6

耕耘機的呼叫器

招引鷺鷥們

從林間飛起

歡唱一日的迎晨曲

日出早安
胃囊擺盪著
早餐店吆喝的燈籠

一日晨計的指針
耘動著
步伐隨在耕耘機的後頭

翻土找糧
蚯蚓蟲兒
大地是永遠的娘

7

收割後的田野
荒蕪如沙漠

每一口長喙
都是個體戶

各自飛向水邊沼澤區
按鈴

轟然而起的
一條水蛇出現
鷺鷥們衝刺爭奪

8
鷺鷥定神
佇立田埂上
觀望守候
想探入田湜裡的腳伸出
又收回，等候
一個上午飛走了

望著溪水不停地湍流
一個下午，換過數個溪邊
可觀測的
石頭，有些昏脹
溪水不停地流走

忽然有幾隻小魚流過
噗通
大家爭搶

9

山林中鷹隼挾著銳利番刀

高空盤旋

鷺鷥們

向更遠的南方找尋果腹的地盤

冬日溫暖的海邊濕地

一群群北國飛來的

候鳥，已佔領飽食獵物

捲著首頸入翅膀休息曬太陽

幾隻鷺鷥飛落

外客的靠近，觸動越線警鈴

嚇起了候鳥群飛的呼叫

10

縮藏了一支腳

獨立思考

鷺鷥也有生存哲學？

牠們永遠和人類保持一段距離

寧願緊跟著靠近水牛耕耘的後面

水牛耕田的年代已消失
牠們發現機械的牛
也有牛脾氣
不傷飛禽的異類

和平共存
也是供應與需求的經濟原理
鷺鷥自然地在耕耘機後頭
飛起降落

11

炎熱的夏天
大地靜然挖一澤死海
鷺鷥們
喘息在田野阡陌間
魚兒泥鰍深藏在夢境的石縫裡

我們反而期待
一陣大風雨
摧毀漁蝦的巢穴洞窩
獵物出現，暴風雨也要追逐

填飽肚子
壓路機宣示，沒有道德的高低
飢餓呀！
我們原本是溫馴的

12

回首看同類族群
越看越零落
出航，找不到食物
回程，找不到聚落

飛行不是我們的目的
落腳更非為了玩樂
活著的口糧
基本條件已逐漸稀少

河川，躺著污染的床
土地，披垂農藥加除草劑的毛毯

我們需要溫飽
我們需要棲息

不唱高歌
不做虛幻的美夢

13

西邊的晚霞
紛彩美麗
我們的飛行，回家的歡樂

人
字
形
的
排
列
向
東
方

這是人們喜歡見到的
這是我們最樂意的隊伍
向著山林的歸航

飽足的
隱密的
夢想的

2018/3/29

白鷺鷥二首

1

一群白鷺鷥一同時針飛起
越飛越脫隊
漸成孤單的
一點，白了天地的蒼茫

白白白
白不知黑雲佈陣
即將被蓋飛奔而來

2

風雨中的鷺鷥
白不了
風槍雨鞭的摧打

天昏地暗飛行儀的筋骨脫落
翅膀划不動風的波浪雙槳
身體載沉載伏
成了大海浩瀚中一隻沒有發條的小舟

刊於聯合報人間副刊2019/3/17

鷺鷥覓食

飛行的翅膀
飄搖著覓食的風雨

懸空的胃囊裡
掛著
土地的饑餓
細長的足腿
一步一步
探測
水田裡
天空掉落的糧

魚蝦泥蚯的鮮味
就留在獨腳沉思時的夢中吧

2017/10/22夜寫
刊於2018/5月號文訊

大地喊痛

耕耘機輾過大地皮膚
金屬片刮入泥土肌理，一壟一壟
阡陌，陣陣壟起喊痛
農夫安坐駕駛台上飲茶水
聽流行歌曲

白鷺鷥頡頏飛起飛落
以細瘦的長腳跟隨在翻過的泥土裡
伸縮頸子尋覓
啄食早餐

清晨日光斜影
田野一遍寧靜
村落還在夢中沈睡
耕耘機勻勻聲響已迴轉多次
犁過了田地

大地喊痛
喊痛，受孕
喊痛，分娩

大地瀕臨死亡而復活有了
生機

刊於《鹽分地帶文學》85期2020/2月號

麻雀與耕耘機

那年代麻雀們
一群一群在電線上跳著五線譜音符
不怕電線走電
牛拖著沉重的犁耙
白鷺鷥烏鴉追逐作伴
稻草人嚇倒人，麻雀一哄飛翔

割稻飯的午後很稻草味
很人情的爌肉
香汗淋漓的田岸赤腳蹲著
徒手搓草前進，倒退走插秧
稻子們左右列隊看齊

日初的斗笠和斗笠碰頭
日落的鋤頭和鋤頭招呼
是熱是冷
都是掛著太陽燙過的銅色笑臉
稻穗垂掛的滿足

烏雲尚在天邊來不及勾引西北雨
割稻機已刮清了稻田的鬍鬚
割稻機的快速

快速的寂寞

寂寞的天空

倒映不出麻雀飛越的蹤影

插秧機踩過

耕耘機輾過

割稻機切過

都一樣整齊的版畫

幾隻麻雀飛過

幾隻鷺鷥跟隨

烏秋呢？

刊於《文訊》402期2019年4月號

秋收

耘耕續接插秧的腹痛
大地的容忍
歷經春雨的淋浴，春風的
拂肌，已不怕夏日燒烤的煎熬

等待秋涼頓首的滿意
青澀而漸層的變臉
轉機成熟的
金黃
結滿了丰孕的稻穗

披護生靈厚實的土地
浪浪騷動的
歡笑
粒粒盈足的心房
秋，喜悅的收成

2017/11/11寫
刊於文訊2018/5月號

稻穀成熟時

金黃的容顏，披著
稻穗腰彎的
乳體，需要陽光的曝曬
雨水的柔情
請勿挾西北風暴襲身來騷擾

山頂的烏雲覬覦
一畝一畝腰豐的朣體
有著擦肩拂袖的細語
飄送陣陣胸脯波浪的稻香

小路上裝載稻鼓的牛車呢
割稻機切割掃過
刮鬍刀不須要一個下午
田埂上早無阿嬤挑割稻飯菜籃子的身影
奇怪那一大群聚在電線上的麻雀
當真被稻草人嚇走？

零星的幾隻鷺鷥
跟隨割稻機之後飛起飛落地覓食

2017/6/15寫

發表於《文訊》386期2017/12號

田園早餐

蔚藍天空青山綠野

三明治的早餐

從窗戶送進來

一口一口咬啖，加一杯牛奶

疊層不同的食料和口感韻味

早晨的時光

慢嚼細嚥中

太陽的光影移位

山色黛綠轉換

田野靜默畫起耕耘機的筆觸動線

都在我的嚼勁裡

農村的光景

融入肚內

生成一幅消化了實感的抽象畫

2018/1/17寫

2018/3/25刊於自由時報副刊

一位農夫從玉米田走出

剛插秧不久的水稻田的

旁邊，玉米的

列隊

已長到越過人頭部位的高度

紫白色的

玉米花

和風浪唱山歌對嘴

倒影在水田中的近處影像和遠山交織著

一幅複合媒體生成黛綠青綠淺黃的

漸層圖面

山稜線上的白雲

水田中的白雲

水田中的玉米花

玉米莖葉上的玉米花

動畫的皺皺筆峰揮撒交錯

夏末

寧靜的田野

只見一位穿白衣的農夫

走過了薄薄的

筆直的田埂
又從畫中的玉米田走出

2019/8/15寫

刊於文學台灣2020/1春季號

懸掛的疆土

連綿的山巒
茂密的林木
阡陌的田野
當然，都不屬於我的戶籍圻界
但他們都在早晨太陽出來的時候
湧進我
廬屋的窗口
成為我心田裡懸掛的一幅疆土

有二位農夫揹著
竹簍正在採收玉米
有一輛插秧機嚕嚕在水田裡
車織地插秧
一群白鷺鷥從水田飛起頡頏
又陸續降落

遠山穿起白雲漂泊掀起的
裙子
變妝含羞的體態
天空的
藍
屏息如海洋的靜默

一遍水晶
好深遠哦

2019.08.24寫
刊於文訊411期2020年1月號實際2019/12/30收到

水稻望花

啟動愛戀的心茫，開花
水稻青綠的葉裙，波濤
秋分不歌，青春唇色啟而未言
語花，只傳情指尖拂觸的輕淡

微風，秋日斜陽
金縷絲線穿梭繫針如光
想衣裳，花如痴
水溫倒映如羅紗

風，手持月下老人的神棒
一吹一點一牽連
成歡唱的婚禮，成懷孕的暈紅
成秋天田野的騷動

2019/10/8寫

刊於文訊414期2020年4月號

耕耘的距離

手推耕耘機與牛拉犁耕田
有著生產革命躍越的距離
坐在駕駛台上駕駛的耕耘車與手推耕耘機
也有一段跨步的距離

只有白鷺鷥一群一群
千古悠悠
和翻鬆的土地沒有距離
和牛犇沒有距離
和耕耘機沒有距離
和耕耘車沒有距離
農藥的噴灑
白鷺鷥
有時也有距離

牛犇耕耘機耕耘車
牠們都同樣把慵懶疲憊後的土地
割裂
翻動
再生地氣的活力
牠們都一樣沒有距離

有距離無距離之間
白鷺鷥們
永遠沒有被解構的距離
最貼近土地
犁翻土地後的覓食
飽食之後，揚起一片
白羽的飛翔
始終給大自然的農村田野
點綴美麗的景色
保持寫實主義最沒有距離的美學

2019/8/24寫

刊登於《笠詩刊》335期 2020/2月號

麻雀與稻穀

自從麻雀們
喙唇裝上了農藥檢驗器之後
就群體漸漸瘦小下去

稻田裡的稻穀已成熟
大地一遍金黃
垂疊豐滿的稻子粒粒以蹦緊多汁的乳房
誘惑著
微風的中擺蕩

寂靜的稻田裡
不見放鞭炮趕走麻雀的莊稼人
不見舉手穿衣嚇人的稻草人

幾隻麻雀低空掠過稻田又倉惶飛離
幾隻
停留電線上吱叫
聲調饑餓又低弱

割稻機嚕嚕來了
幾隻麻雀全都飛走了

2019年11月26日寫

刊於笠詩刊335期 2020/2月號

木瓜

木瓜樹沒有分枝的想法
唯一的期待
向上直幹成長
生出累累串連的果實

豐滿多汁的乳房
粒粒存藏
千百繁延子孫的願望
由綠的青澀轉骨豐肥成熟的紅

紅得結婚懷孕的害臊
黑的種子是為求生必死的決定命數
終將潰爛撒下

我剖開木瓜一粒
肚內千百幼兒黝黑的眼睛
注視我
牠們都想活著
向土地再一次埋藏

2017年11月3日刊於笠詩刊323期2018年2月
選入《2018台灣現代詩》春暉出版

南瓜燈

挖空心思
透視看清了自己
也照亮別人

纏綿的絲脈糾葛著
因果的種子
都已切除皮相的障礙
終將透過洞眼

通往大千世界
起了燃燒

2017/10/3改

2018/6/21刊於人間福報副刊

贈麻豆文旦

切開文旦柚的外皮
聽到陽光的銀鞋，從南方
踩過北迴歸線
奔跑而來的訊息

剖開文旦的內層肉
片片歲月的
鮮嫩
挾著秋色到臨的言語

粒粒文旦果米
是批信的手寫
每一個字
都是細柔甜美的問候

2018/9/13寫

2018年10月7日刊於聯合報副刊

面與麵

麵的一張臉
寫在碗中的人生象徵
一張臉
一碗麵

熱的冷的
樂的悲的
笑的哭的

咻
曲中求直的
化入生活的食道

那張臉抽成麵條的線
理不斷
皺紋和皮面的拉麵張力
掛著摻雜歲月的味素

湯頭
自我的形成，經過揉捍的歷煉
飽餓自知

麵，吃在
自己的面上

註：麵字在中國簡体寫成：面

2015/6/7寫8/31修改
刊於《笠》詩刊309期2015年10號
刊於《草鞋墩風華》第3期2015/12
收入《2015年台灣現代詩選》春暉版

絲瓜

爬上鐵絲網的籬笆
向左邊的日常開花
盈盈的笑臉
向右邊的日常開花
也盈盈的笑臉

曲折的籐鬚緊緊纏握著鐵絲網
獻出一條條青翠豐碩的
絲瓜，掉掛著
給左邊也給右邊
垂耳般的奉迎

你是兩邊討好的
騎牆份子？

絲瓜攀沿在空蕩的鐵絲網上活得自在
沒有搏扶而上的直豎莖幹
牠的根，紮實地釘入土地
吸吮水份和陽光

抓緊的藤和根，堅韌有力
開，花朵的輕柔
結，瓜果的豐熟

絲瓜的世界
沒有言語
也無溪水岸邊蘆葦的思維

2017/11/5寫，刊於笠詩刊322期 2017/12
選入《2017台灣現代詩》春暉出版

樹

以根鬚把心鬱纏結在地下
以綠葉和紅花
把歡笑揮撒，向
天空

希望青天的藍眼睛
把我的身影也變色
我的綠，是永遠不換妝的衣裳

黑的雲
白的雲
都一樣不能改變我枝幹的
歲月紋路，在雨中
流淌，聽風雨聲
恍若梵唱

2019/2/27寫
刊於鹽分地帶文學80期2019/5

卷四 × 園

新吉庄仔

——朴子德興社區速記

午後一隻琥珀色的貓
躍上浪形的屋瓦
自在的眼光注視著
一群陌生客的造訪

日頭斜照破落的三合院
凄涼矮平的屋後
壘起新式三層高樓，輝應
強烈不協調的夕色

紅磚瓦片仍支撐著，零星
昔日遷徙造庄的勝景記憶
盤踞在棋盤式的巷弄裡
扣緊老人的話談

一位戴斗笠的村婦
一大綑糠榔樹葉
腳踏車騎著載著，擦身
而過，一滴點的黃昏市場

2014/11/19寫

刊於笠詩刊304期2014年12月號

玄奘寺十行

人來人往的擁進
圍看一潭波濤
或乘坐汽艇切過潭心的風景
唯獨，我俯身望見一泓小缸水
映照，玄奘寺吆喝的鐘聲

江河壯闊的湧來
從唐朝梵唱到如今
蓮花，將綻開
一朵陪侍寺內的舍利子觀木魚
一朵將撥開雲遊的眼神

註：玄奘寺位於日月潭畔

2014/5/30寫

2014/7/29刊於聯合報人間副刊

雁蕩山三絕

靈岩飛渡

坐這座山
看那座山
空谷轟然
竟然飛渡，那一身懸空的孤單

僅靠一條鋼索
繫住的
影子藏在心中顫抖

鷹姿的形象
穿越
讚嘆的眼神

靈峰夜景

沉默的山，靜極
思動，會合夜幕
更衣
現出隱蔽的原形

人們趁黑夜裡窺見
喜歡附會熟悉的樣貌

一路跟隨導遊的引領

依說繪聲

依指繪影

探索形貌的滿足

啊有相

有像

以自我的形象認知描繪

這個角度更傳神

龍湫飛瀑

初冬

溪水乾涸

唯獨高懸的岩崖上

一條龍形的水手

攀崖直衝而下

想像夏天雨季

龍騰飛

鳳躍舞

狂奔洩下一條江河

不然如何
飛揚如瀑布

2015/1/12寫
刊於《文訊》354期2015年4月號

註：雁蕩山位於浙江溫州市樂清境內，山水奇秀，天開
　　圖畫，其中靈岩飛渡、靈峰夜景、龍湫飛瀑尤具神
　　韻，被稱為「雁蕩三絕」。2014年12月2日與友廖
　　秉瑤、江品柔、趙建秀等共遊，遂有詩三首為誌。

社口林宅（社口大夫第）

想把時間停留？宅院
排陣的結構體，摟住的
影子要一握空間的輝煌

歲月越過朝代的銅牆，圍護
落地的宅邸
寂靜，從喧嘩消聲

同治皇帝沒駕臨
要的是，欽賜的匾額
燙金的「中書科」，點亮神岡社口大宅第
二進兩院大型的四合院
坐北朝南的宅相
穩健正方踏入一種格局美的定位

每一塊地磚
每一條樑柱
都是雕刻火煉建構的風骨
唐山過臺灣，架起
安命立足
豎於天地與家族繁延的懸注

後代子孫呀

要輕輕景仰地踩過

古宅播吟著一首韻律的傳統詩

花鳥的語言穿梭門檻窗戶

後人的造訪

直覺前庭月眉的池塘

倒映一片日照的迴光

2016/9/30寫

此詩收入《行走的詩》獻給臺中的50首地景詩

／台中市文化局出版

註：台中市神崗區社口村，清同治年間建造已列為古蹟。
　　社口林宅一詩列入台中市地景詩。

礦溪思路景探

大佛靜默
座落一尊巍峨
嚴肅的容貌，影像
掛在年少時就即起的仰望

八卦山上星空輪替依舊
我們流跡歲月的離坎
壯闊半世紀江河的視野震兌
釘針的
佛，得仍很風景

那條隱沒的溪湍流著一條可翻書的
河，俯閱賴和診斷大地的胸脯
級級喘息
登臨文學步道到前進的地標

逆旅行到此溪岸
轉彎，歲月地圖的滄桑
山線或海線
歧路抉擇的擲杯
模糊了心頭的月台

扇形車庫的火車頭倉促的進出
尾隨的連節
漫長了日子的車廂
空盪或擁擠均在此車庫轉腰踅迴嗎

現實與夢想如何澄明的存在？
走過小西街巷吃一碗貓鼠麵
再邁向天空步道
何處是文學指向的路口？
路線要承續轉彎嗎？
南瑤宮的東向風水，真的
千秋不敗的吉地

扇形分派
散開，成多元存在的軌道
島嶼的天空
仍然籠罩著黑雲的符籙

臺灣文學奔馳的列車
節聯的車廂，彰化了我們的思路
我們要建構自我主題的車庫城堡
還是拆除語言棲息的樹林

站在八卦山麓

佛，依然靜默凝視

多少人間滄海，嫁粧付出的

文學軀體

能否階近神明？

2017/6/7寫

收錄於《作家遊礦溪－地誌文學集》

盧屋影中的寫真

屋影倒映在田溼裡，幻起
一陣夢想
翻動在微風中的水漾畫面

後山坡脈回龍圍繞小溪流
過前堂一片田野
一座紅瓦白牆小木屋貼緊草坪綠地
遠山疊翠漸層近樹蒼林
晨曦暮暉筆彩揮撒
繪畫了一幅逍遙的詩境

紅塵滾燙
風雨覆蓋陋室
鞭打歲月肌膚的窗戶
模糊了眼域的淚痕
終將汗滴的波濤掩蓋
撈起一握雙掌旋渦的寧靜

一直爬坡到歲月額紋的蒼老
屋頂的白髮貼近火燄九九峰
山影依舊

鷺鷥卻愈繁殖愈稀少了數十代
一樣以潔白的飛翔

時以洶湧時以乾涸，烏溪
水汶摟腰擁抱
一座可以和星月對談的
鄉間屋宇
坐北朝南的點數可望北極星的垂柄射光
北窗下的文書宮
歷歷發出耕耘機爬格子的聲音

而我散步田間
而我翻閱群書的世界如木魚沉默的敲打
一行一行如履阡陌
因有一座廬屋的形成

2017/7/12寫

刊於《鹽分地帶文學》新刊號71期2017/11

月台

只是在等待

到來的

對決

時間來去的定點

甚麼樣的人就有甚麼樣的影像

晃動著

進站的焦慮

載走聚散的

人間的悲與歡

都準時

不是自己能算計的

想像中

交會的那一瞬

只是有時

會有一些誤點

豈是另一種意外的期待

2015/6/8寫

2016年1月27日自由時報副刊

故鄉，線的牽扯

忽冷忽熱
忽南忽北
忽正忽斜
終歸要回到這條無形的線上？

座標第一代第二代第三代第四代
牽扯無窮的年代
標誌的忽大忽小忽高忽低的造型
終歸回到不定形改變時代的風霜

年輕黑白分明的眼睛裡沒那條線
年老混沌糢糊的白內障中如何劃出那條線
跨越哪裡？
牽過哪裡？
那條線
只見到標誌座臺毀壞再改建
再改造，不斷地
就是，那條線吧

就是那條線吧
浪不盡的天涯跡
俯無限的海角臨

移動的
那一條線
顫抖在思鄉心靈的
那一條線吧
北回歸
線

2014/7/25寫

發表於《笠》詩刊306期2015年4月號

嘉義吳鳳路

縱然，你已路分兩段

南北切割離異

我的記憶仍連貫在思念裡

超過半世紀的路徑滄桑

城隍廟依舊香火

吳鳳廟遠而不遠燒紅觀光點

路線距離沒拉長

人生糾纏幾經多少難回顧

胖了路的臃腫

瘦了電線桿矮腳大樓下

路過匆匆

那能閒步撿拾往事碎片

已經陌生的城市

異鄉人投晚的孤影

總是徘徊仍要徘徊

街景倒退記憶的影像浪潮般的湧現

我的老態步履

走回了年少時輕忽的鄉愁

2014/9/17寫

發表於《笠》詩刊306期2015年4月號

水池之臉

水池隨著天空的雲朵
變化臉色
有時風吹起了波紋
一切倒映的景物
都畫成筆皴的抽象面

鴨子進水池
更擾亂了波心
鷺鷥飛過
有了一些一瞥驚鴻

不過有時池水混濁也是好的
不知水池的深淺
不能照見自己
免得驚見自己的心事
掛在臉上

2017/12/9寫
2018/5/22刊於中國時報人間副刊

語神的漁港——東石漁人碼頭意象素描

風褶疊東石人的夢
寤寐之間
貼身的棉被皺起
浮沉蚵仔與烏魚群的追逐

陽光放蕩
拉拖著罟網
鱗片撒落
從海平線到港口

魚貫穿梭，隨海流
疊成籮筐
粗壯的漁人手臂
扛起大尾魚仔的嘻笑

文蛤鱸魚黑鯛
船離灘，船入
港，進出於齒齦
往返，咬住浪花不放

海洋醉鼾
只有心跳與眼神

栓住繩索的搖蕩
專注

燈塔的一束光
亮熄
旋轉
織夢了入神的風車

2014/11/18寫

刊於笠詩刊304期2014年12月號

入山無詩

入山無詩
山笑我沒帶詩心來
櫻花笑我沒帶感情來

啊哈
我來本無心
我來本無情
見山巒秀麗雲海纏綿
見櫻花笑靨朵朵開懷

我的詩情
已在那裡，點點滴滴
何必再帶來

2017年2月15日晨寫
笠詩刊318期2017/4月號此詩收入《梨山行春》

與詩友入梨山

與詩友入梨山

他們見山成詩

他們見花成詞

見花花草草山林雲霧

滿山

滿谷

都是激情感懷的意境詩章

左手捏著相機的景象

交給右手變成篇篇的絕句

櫻花燦紅了林道

山巒俊秀了遠景

成雙成對

他們歌詠越過

獨我單一

雲飄虛處山道崎嶇

我好修行？

2017/2/15晨寫

笠詩刊318期2017/4月號收入《梨山行春》

武陵賞櫻

我上武陵
沒看到山沒看到雲
我的身影
渺小畏怯，穿過
初春陽光的細線

山高寒冷，穿不過
櫻花紅袖的飛舞，誘惑
以全裎裸露，花瓣
一層一層一遍欲言的唇言
綻放集體海浪般的紅毯
向我湧動而來

擁我全身的飽滿
擁我失去自我的震盪
無以回報，只好開出
一朵白髮

2017年2月17日晨寫
笠詩刊318期2017/4月號此詩收入《梨山行春》

銀杏的筆墨

有一種筆

是專門向天空揮毫的

並且有雲霧的渲染拓印的時日

才能顯靈

給詩人造訪的目光

有朦朧中

閃電的詩感

然而詩人們的手機相機

像飢餓的野犬

啃食

那一大片銀杏枝椏的

淡素筆墨

忘了自己的吃相

也融入茫霧之中

2018/04/04寫

銀河掉落的珠寶

玄奘寺的鐘聲

比晨光更早

叫醒，水潭的鱗鱗波紋

湧動著拍打水草

一陣水鳥飛起

涵碧樓的倒影

還在潭底沈睡

近山含黛成為舒坦的床被

漸漸亮起的水光

粒粒成串

是昨夜銀河掉落的珠寶？

船屋過夜的詩人們，卻喜歡

——撿拾他們

酒後率性的詩句

2019/7/5晨寫

此詩收入《明潭船屋懶散遊》

日月潭夜夢

船屋板上的幌動

如我病床上的翻身

靜謐的夜裡

曲腰魚的夢

嘴巴含粒粒星光閃爍的截句

咕嚕的聲響

吐露我的夢囈？

還是魚兒失眠的對語？

我翻身的呻吟

有著詩友們唱詩的歡樂

都是在

細說：

白鹿群集拉魯島

吃水草的傳奇？

2019/7/5晨寫

此詩收入《明潭船屋懶散遊》

追雪

玉山下雪合歡山下雪
陽明山下雪
有人追雪，血氣騰騰
有人避雪的寒氣攻掠

曾經有過北國雪地足跡被淹沒
淒美的
景象，感動震裂
如今飄雪如見血

雪白與血紅的交錯滴穿
對比凝視的激越
釋放的情愛的
冷與熱，手術臺上的刀聲光冽

雪冷的入侵
皮膚到肌骨血脈
是雪崩血崩的記憶？
熱情的地心岩漿的爆發

情愛的顫抖被僵凍的青春
如今歲月已度過冰河

寫在異國寧靜的雪地

雪花依然飄飄

2018/2/22寫

刊於《鹽分地帶文學》76期2018/9

寫在異國寧靜的雪地
雪花依然飄飄

2018/2/22寫

刊於《鹽分地帶文學》76期2018/9

午後山雨

山雨脫皮裸身奔來
火燄山在雲霧中換妝，戲演
謝幕中隱藏
灰茫的湧動
向山坡田野捲席

近樹林木搖晃仰臥
雨陣越過阡陌奔馳
隆隆雷響，天空
詭異的格鬥，言語殺戮般暗喻的
刀刃飛射

群鳥怕觸雨網而逃匿
嵐風狂飆
飛動中之寧靜如海底的沉睡

山中午寐，我的思緒
動靜虛實之不測，守與捨
心都無繩索可繫的飄蕩

2019/7/26寫

中華日報副刊2019/8/15刊出

梨山遇外

越過武嶺
進入梨山不見山
一列列
一棵棵梨樹站起來
以圓嘟嘟的笑容來迎接

然後是一塊山坡面
蘋果的青爽臉
然後是水蜜桃的紅潤又一塊山坡面
然後是
高麗菜的翠綠一遍臉
換個姿勢仆臥著
以肥胖的肚皮舞扭了山坡的腰

然後是
茶園綠油油的八卦掌延伸延伸的腿
要抓出你的口感，爬涉登層
流淌高山海拔胸脯的風味

因為涼爽沁入溫慰
梨山的夜晚
山空星芒靜寂的沉醅好眠

夢裡雲霧的纏綿
莫忘
起床後的山嵐，回味
留有昨夜甜美露水的茶香

2016/9/5寫

刊於文訊399期2019年1月號

日月心鎖

有一把鎖扣住
日光月影與情愛共聚潭水
不讓情緣如逝水流走
拉魯島浮現了誓言

罟網牽手抓緊曲腰魚回眸擁摟
杵聲狂醉了小米酒
都為邵族舞步的踢水成雲霧
印證水鳥的比翼雙飛

同心千年，愛的鎖鏈
是水湄落日一線彩霞的美

2018/7/24寫

日月潭文學步道作品

山與谷

「你永遠在我腳下
甭想越過我」

「沒有我的卑微
怎會有你的高傲」

山的睥視
谷的無可容納

山與谷的對決喊話
寧靜的
轟然

空山空谷
重覆他們的
回聲

2015/3/7寫
刊登於2016/1/28中國時報人間副刊
選入《2016年詩選》二魚文化阪

卷五 × 花

霧櫻

櫻花一朵一朵
含著濕冷的茫霧
輕柔地敷貼
浪斜的山坡

悠閒的仰望
一片一片重疊的臉
一層一層的
雪紅

攜手交錯的春遊
親臨傾聽
扶疏清流的
花語
一群一群溫情欲滴的
掩映

2015/2/14寫

2016年1月25日刊於人間福報

蓮花

火熱的太陽伸出
長長的舌頭
舔著
大地

池中出水的蓮花
靜默開出笑臉

蓮葉上
一隻青蛙
喘息

2016/01/07寫

刊於笠詩刊311期2016/2月號

蝴蝶蘭

深山裡岩壁上的
蝴蝶蘭
原生種的
幾乎已絕滅
不見蹤影

城市的
玻璃櫥窗裡
蝴蝶蘭盛開著
頡頏飛舞

花枝的
扭臀
招展的
媚眼

2016/1/7寫

刊於笠詩刊311期2016/2月號

櫻紅

等待淒冷後的激情
櫻花綻開
歡愉的笑顏

唇紅的花瓣
吐露推窗望見天空的驚叫
露濕是一種欲言含羞的
言語
垂掛在唇沿
滾過花紋，似想
耀眼與晨曦斜照穿梭

光與花的交閃
紅得嬌滴

的確
山林眾色隱褪
只見櫻花一遍紅袖
摟了天地的眼際

2016/1/25寫

刊於2016年5月號文訊雜誌

印度櫻桃花

並非我閒懶無事
妳才開花引誘我注視吧
我原本可多撒放視覺網
觀照各方存在的樣像

妳細小的花蕊
並不誇飾
如閃亮天邊的星芒
紫紅色的生命質體，散發
異國濃郁的香味，熱帶的
溫悶的燃燒流蘇

初秋的清晨涼風吹徐
花瓣細密擁簇含滴水露
是將啟齒脣動的納木
一樣陽光，異域移植撒落
是否情緣雨水
有待滋潤灌溉

細密花眼的投注
羞澀著

虛弱的枝葉
仍抒展著懷孕結果的欲望

2017/9/14寫

愛情花

1

麗陽經過高溫熱愛的錘鍊
爆開
發紫的癡迷，朝向
神聖的唯一
潮紅陣陣浪波牽連血紫
痕深烙印

愛情花謝了，愛
就歸零嗎？

今生不再稀有
花謝了血崩，朵朵
爆射煙火的
美姿，不在花瓣的掌紋
淒然謝落

2

愛情花移置到我溫室
花瓣紫色燦發
而殘落
是否我的情愛已乾涸了

活水，只有遙遠的遐思
也喚不回來
雲朵的影襯

窗外的光影
六月的熱浪
如滾動的
昔日青春遺落的激情
難以回逆的時光
讓花瓣爆破淒美流失吧

2018/6/6寫

刊於2018/7/26中國時報人間副刊

蘆葦花

滾石無須耐心
等待
橋的拉力
也不必堅持兩岸愛意，橋斷
流水湯湯

只有
蘆葦花
日月聽水聲
看斜陽晚霞
潔白
到
地老
天荒
不變色

2018/4/27寫

鳶尾花

一朵鳶尾花
春天的腳步
踩在她薄薄的花瓣上
有著白膚的可親

二朵鳶尾花
春天的微風吹開
她啟唇的門扉
有著紫色線紋的羞怯

三朵鳶尾花
春天的水影舞動
她的清紗
遠近都成麗人婀娜的走秀

四朵五朵七八朵
鳶尾花朵朵打開春天微笑的
窗戶

2018/4/16寫
鳶尾花種在庭院水池春季開花

晚香玉（夜來香）

夜的心房騷動，以寂靜
進入等待
黯然的溫柔
將如何呈現美麗的純潔？

玉軟送溫輕膚觸
夜等不來暗自香

多少柔情
夜夜消亡
體香的疏宕
是一種情慾的解放
我的存有
不在明亮

黑夜裡
沒有陰影
情意的流露深入肝膽
而有醇香

光，不一定帶來希望
黑夜有隱藏想像的美感

卿本潔白
夜黯的配襯
將更淨化純真

2017/11/7寫
收入《花蜜釀的詩》百花詩集
／台中市政府文化局出版

花海
——2014年台中新社花海展觀賞

花，一蕊孤單
群群浪浪海海
成群浪海的
數大
美

花，吐納陽光的呵護
花，招來輕風的愛撫

數大變化
繁花綻放的初冬
大地的胸襟
獻給複雜的人生臉龐

拍攝的好美
一瞬
我倒入花海成為影子
千萬種風情
影子的夢境

2014/11/20寫

刊登於文訊銀光副刊351期2015年1月號

花燈之海——夜觀賞2014台灣燈會於南投

花燈一亮，一路繁殖綿延
天上的星星都不敢探頭
不知趣的想湧動
露臉，臉色化妝品立即掉落踩扁
黯然失血

不成臉孔
人人看燈，腳踩腳的移動
看不到臉，眼睛不停的攝影
臉映花燈

駿馬提腿躍足
鹿兒回顧探頭
孔雀開屏羽翅七彩，而
燈籠西瓜爬樹，而
草坪燈火延燒，豬狗嬉鬧，而
各式形象打造光影

群集追逐
為了那一群燈光的
榮耀，從海的平波衝起

燦爛自身

浪濤光華驚駭

2014/2/23寫

刊於《草鞋墩風華》2期2014年10月

五月百合花開

淨身了的春夢
清晨
晶瑩的露珠
隨自潔白的花瓣深孔中的呼吸
吹奏飛出

不是叫喊
是自然的呼嘯

五月的和風
也韻律起步
立夏暑影中高高撐起的
百合花
昂首的清流號角
已歷經嚴冬與春寒料峭的苦鬥

或許不久
將考驗
熱浪即將來臨的翻滾
風雨也將來襲

五月花開的百合
搖曳多彩的風姿
招喚
美麗的遠景

2016/5/10寫

刊於文學台灣100期2016年冬季號

五月，百合花又開

五月剛到
百合花就抓緊初夏
陽剛的太陽絲線
蕩出潔白的臉紋

向天空張開誇大的嘴巴
有意吹出土地喧嘩的吶喊
那些精神浪漫的春天頌歌
已經聽膩了
漸漸枯萎的小花

單一的綠意
白雲的瞻仰
午後一場新曲的西北雨
更淋濕了心頭的熱浪

球根不死，復甦
五月情烈的祭典
浴火成真的碑文，燃燒
朵朵白煙

2019/5/16寫

咖啡拋香

咖啡豆以粒粒的殷紅，滾動
丘陵地的稜線
糾纏著你品茗的味蕾

不在高峻海拔的冷
不在平原赤道的熱
羊群的平淡的尖銳，傳奇般的
情騷躍飛，醇香的
光與影交錯的軌跡閃電

兩片在清醒與混沌之間
選擇銳利的鋸刀，飲
一種痛快的爽

是日出的弧
是落日的圓
咖啡粉末，之間的隙縫
癮迷了拋物線的傳香

2018/11/23寫

花束與掌聲

慶祝的場合
贈送的花束，香味撲鼻
掌聲響起
花瓣，鳥翼群飛

什麼樣的激情，在笑聲中
滴出鹹濕的淚
車站月臺嗎？
海岸港口嗎？

掌聲響起終將手掌寂寞
花束鮮美終將花枝枯萎

花開掌紋
掌握花香

遠行邊疆的驛站
我的詩句，馬蹄的塵灰

2018/9/10寫

刊於自由時報副刊2019/5/28

火炬薑花

借得一束白熱辛辣的
陽光，吐露心蕊
我的紅顏與愛意
支撐相應的血脈

熱情的生靈
大地呀
我高舉
一支燃燒火炬的姿態
不是
說我豔麗嗎？

我心中火辣
噴出的薑水
可以激起你慾望之渴
只要你敢

2014/9/10寫

水仙花

愛的深切化作涓滴的
流體
點滴渺沓相思的河床

莫若玉骨的身影
也有婆娑的美姿
凌波起舞，飄袖寒風的
迴旋，是花是蕊
是白的真，是黃的慾
純然的綻放

香雲隨風渺踏
清露伴月影，移挪
芳思獨明潔
不覺幽夢
春光已不再遙遠

2020年1月23日晨寫

2020年3月23日刊於中華日報副刊

巻六　×　火

埋在氣中

火的心理透過
壞脾性的發洩熱點的提昇
是一種佔有
捲燃黑夜裡的
城市道巷

所有的管道來自無色無味的
炁的無火不見貪欲
從地底潛伏如顛覆的心機
埋在氣中的邏輯

詩吊詭般火燄一樣，爆開的
內藏，樓屋肝肺腸胃
一條城市剖腹的運河
把熱鬧的街面鞭打成訕笑的模樣

氣哽喉嚨，暗輸管道
氣脹肚腸，暗輸管道
氣憋胸膛，暗輸管道
氣壓心頭，暗輸管道

你行動的身體，管管管不管
你居家城鄉的結構，道道道可道

埋伏在「氣」中的和平
合十招魂
幡飛梵唱聲浪裡
切勿讓幽靈從涵箱外
逍遙溜走

2014/8/8為高雄氣爆災難而寫
發表於文學台灣92期2014冬季號

「氣」爆豈只剎那

汽車拋到屋頂的剎那
道路爆開成峽谷的剎那
人體撕裂的剎那
火光捲燃的剎那

不不不
那石化管道的油走
已經數十年
潛伏，死亡的腳步
隱藏地底下，腐蝕地挖掘
邁向都會穿梭繁榮的街坊
蚯蚓般的吞噬

為什麼為什麼
夜暗中的光明
寧靜中的安逸
是死亡的編劇

愈龐大，都會的軀體愈煩重
愈加力，氣脈的脹縮愈緊張
用噸的壓力／氣
用億的錢數／爆

千頭的管道／轟
萬緒的鑽研／炸
通過通過爭先
恐後過通過通

那些不按肌理脈絡生成的管道
而已，豈只剎那間爆炸的
傷亡

2014/8/寫

為高雄氣爆裂災難而寫

黃埔江水悠悠

混雜的語言

曾經流淌八國口沫與污穢的江水

映照

不同膚色的詭譎和戰火煙塵

而後聳立商埠銀行的異國情調

上海灘

擱置一幅一幅近代風雲

歷史的疼痛

中國呀

虛胖的王朝

軀體的秋海棠葉脈

鴉片般的

被吸抽得而血枯

黃浦江曾經是一條乾澀的香腸

列國的切割再撒一些胡椒

夾一片中國味的蒜頭

啃食起來

很東亞的病夫

2015年5月22日夜晚

從浦西隔江東望

浦東21世紀聳立天穹神木叢林的大樓

晚風忽然翻轉幾冊歷史的閱讀

德希達把上海灘的字源

延異懸置於天方

非人間的繁華夜譚

倒應了鱗鱗江水

燈火的詭譎

兩岸互乖東西已非常資本主義

歷史的稀釋，江水是否清澈

見底也無法從簡冊抽驗，嘔臭的身分

如今很臃腫肥胖，油污很體面

在清晨的陽光下，或晚風裡

確實體驗目睹，汽車聲掩沒流水聲

翻轉再翻轉，我的腦門

有如蒼蠅的複眼

出現龐大的慾望之獸

黃浦江成一條物質工廠排泄的大腸

兩岸都現出驚愕的歡呼

2015/8/5作　8/8修改

刊於鹽分地帶文學65期2016/8/31

島之棲息與路

1

大海茫茫
無際波浪隨著世紀風向
翻滾，沒有路標

逆旅風雨中
島嶼讓我們棲息
生滅
子孫繁延
遙遠的天際不知如何游來
已遺忘了的路痕
回不去的
前世前世，遠離的夢

就此存活的道路
繁延著
祖先的祖先
雕塑存在化石的祖靈

一塊一塊靈牌
一條一條指示生活的路
自己開闢，蓽露的血流

島嶼有路，藍縷的汗滴
海洋揚帆
還有
無際蒼穹的天空
任飛翔的
無盡的路

2

島之棲息，怎能沒能感覺
路有叉路
時間的過客
島之外
海洋之外
天空之外
島的羅列
海洋的婆娑
天空的遼冥

一切無法久留？浪裡浪外的洶湧
詭譎的，島的定位
墓碑領據甚麼樣的身分
証明，由記號石碎到字刻剝落

埋下的白骨，腐蝕的記憶？
甚麼樣的鳥群踏過前人的
足跡
島的棲息
行走傳播根植的語言
凝聚著甚麼的意指的派流？
何為永遠存在著的活路

2016/03/21寫

刊於鹽分地帶文學65期2016/8/31

芒果季的冷熱

金幣般的撞擊
誘惑孩童們伸長喉管的慾望
正對發情的煩悶
酷熱的夏天
南台灣芒果的黃已由綠轉注
壘壘垂下

口水滴落
芒果般飢渴的沉迷
手臂們向天空飛揚
孩童撿起路旁的石頭
擲向高登的樹上
串串的沉重激起甚麼回響？

梭巡而迷惘的眼珠
重現戰亂饑餓影像的記憶
唯一的一口甜
懸在空中搖晃
未成熟的酸綠

令人暈眩的冷顫蠱毒
鼓起的

肚皮
傳染焦躁的南方熱病

七月過不了的
痠痛
體內蠕動的冷慄
一路隨夏日的太陽延燒

2016/5/27修改
刊於鹽分地帶文學65期2016/8/31

死亡的，招手

字數無底限的
深淵
無形魔爪的招喚

呼叫的聲音
波紋的肌痕由窄漸寬
指向的路標
層層由皮膚入深筋骨
衝力的快爽
輾壓穿過恐怖的黑幕

不必示導的手勢
追逐的速度
始終飆在死亡高檔的齒輪中
旋進
墮入黑洞

前仆前，驚叫不是危險的警告
後繼後，哭泣更非可收斂的痰吐

信號閃爍
從不發出紅色的咳嗽警笛

只給心臟的引擎息滅
只給一張鮮血凝固的
條碼
地獄開放式的擁塞
幽靈般煙絲地鑽入

單程的船票，每人只持一張
如果是一種枷鎖，身體
無可逃脫的
正是自身解放的天國

2016/5/27修改

鹽分地帶文學65期2016/8/31

語言死亡（為原住民語言漸消亡而寫）

語言鑿開一條路
划動在人類文明的河流
他可以縱走
也可以橫行
縱的延續祖先的路走來
又可溯回去探源
橫著分支交錯成阡陌
在大地開出的燦爛語言的花朵

數百年來河流被阻隔
有的污染或乾涸
如今我們
將僵死在這兒
即使乘坐獨木舟將如何找到通路出口

我們只能使用
別人用的槳
划動他們聽得懂的語言水潤聲
就是呼喊
救命
啊！祖先也聽不懂

2016/11/23寫

刊於笠詩刊320期2017/8月號

昇起一場革命

太陽剛昇起的
時候
到了，一場革命
也同時吹起號角

看曦輝上方的雲朵吐白
看曦輝下方的山巒含黛
看還沉睡在灰暗中的田野大地
都在等待另一種轉形的顏色現身

變換面孔的變幻
才是本身
這些革命中的隨機變形
拖長了旗幟的姿態

當太陽升到正中央的時候
他們的影子
縮小了，成為
午時的靜默

2017/5/5寫
刊於文學台灣104期2017年冬季號

取火

白色洪水的恐怖
挾持土石暗流的步數
灌頂，從頭部山巔洗腦
那時是失根的原鄉

吾等原本就是石頭
活在山頂的，只說沉默的言語
仰望狩獵星座，抽煙
聽野豬嚎叫，打盹

石頭火箐的番薯也很溫柔
吾等在山上的涼爽中取火
撥弄火炭取樂
爆烈的火拋開如如有聲，流星雨的
天空沒有離開我們，很近的可貼在掌中
只移動我們的視線
夏夜，夢中
與神話裡的獵手武鬥七八場
尚未決勝負

山頂怎會大水淹過
淹到我們的喉嚨到頭頂？

拔我們的頭髮
像單純的思考逃不過網狀的設計
赤腳到膝蓋間的頭腦
踩入捕鼠器

酒前與酒後
山豬的叫聲不同
彎刀飛出去準不準
只有月光下的豬牙白得刺眼

小米釀造的發酵，聞見
岩壁垂濺的瀑聲
兄弟們前進呀
涉水攀登鉤一牙上弦月
今夜酒濃，阿妹酣睡何方？

2017/4/10寫

刊於2017年12月4日發表於自由時報副刊

換血

寧靜的革命
將顏色的呼喊
刀劍的閃光隱藏
大地鮮血噴流
只有樹根的掌紋
能拓印
決鬥的命運
在沉默中
換血

如今血液的排斥反應
燃爆戰火
才看清海溝裡外的戰線
源頭的本心
變色的龍
都不是良知良能的原體

被戲耍的
眼睛，蒙蔽了歷史的鏡頭
色盲是普世存在的骨頭

像群狗一樣
只追逐啃食

2019/4/9晨寫
刊於文學台灣112期2019年10月15日冬季號

苦棟花的祝福——悼念律師詩人莊柏林

詩的抒情花朵，拈
這一手
六法全書的秤錘，握
那一手
夢裡，虛實的
繩索打結

而你已脫胎於故鄉之外
以冷淡的101高度，南望
鹽分地帶詩文學的燠熱

苦楝仔的花香
菅芒花的形影
攏是汝
陪伴的詩句
唸出汝的句逗
鳳凰花嘛會起飛

親像火金姑來引
郡王爺牽著汝的手
汝已仙然飄浮佇雲中
唸汝的詩

亦愛

乎大家來祝福

咱的平安

2015/11/2寫

刊於笠詩刊310期2015年12月號莊柏林紀念專輯

釣詩
——悼念詩人羅浪

在浪裡
釣魚的
詩人，往天上去了
曾經羅致豐采人生
仍想
在雲端
釣詩

仰望
他獨釣風姿的存在
懷念
他詩裡的
魚躍的
詩味

2015/5/6寫

刊於笠詩刊308期2015/8月號

神思之顏
——悼念詩人杜潘芳格女士

語言的河道
被閘門關閉
詩的情思攀爬越過
通往了
神的天堂

神的靈光在那裡
詩的意象在那裡
那不被污穢的生命精魂呀

詩句的堅定骨氣
姿態結構的慈悲顏面
愛的主題
芙蓉花一樣的
撒留人間

2016/3/11寫

刊於《笠詩刊》312期2016/4/15

一斷音弦，一詩穿越——悼念笠詩社詩人龔顯榮

古城殞落星一顆
文曲有顯詩韻合
天窗惡夜曾逃亡
笠影覆蓋魂不薄

昨夜古城的天空
一顆文曲星
向赤崁樓的方向傾斜的
殞落，微弱的一響
也震盪詩壇的水池一縷漣漪

那個言語舌根被切斷的年代
苦悶的心弦不能自由彈起波紋
唯一喘息的
天窗，深夜望著孤獨的星芒

惡夜的逃亡
您父親的身影是永遠的
癮痛
一斷音弦，一縷詩的牽掛
天窗成為見證的唯一活口

活口的天窗

開闔之間

一詩穿越忌禁的藩籬

永遠的流傳

2019/9/6寫

笠詩刊333期2019/10號

卷七　×　茶

秋
色

涼風騷動了山嶺
揚起色調揮袖的激情

脫掉綠裙
換穿黃衫
向殷紅的內衣，拉開
山坡披肩的垂巾
有了裸露肌膚的裂痕

山說：
坐懷不亂是騙人
雲，白得不安份
想湧動
以移步的姿態側身斜視

清晨的
甦醒
睡過了
雲霧的纏綿
回眸
淨空不見了的秋色

2016/11/10寫

2017/9/28刊於聯合報副刊

秋收

耘耕續接插秧的腹痛
大地的容忍
歷經春雨的淋浴，春風的
拂肌，已不怕夏日燒烤的煎熬

等待秋涼頓首的滿意
青澀而漸層的變臉
轉機成熟的
金黃
結滿了丰孕的稻穗

披護生靈厚實的土地
浪浪騷動的
歡笑
粒粒盈足的心房
秋，喜悅的收成

2017/11/11寫
刊於2018/5月號文訊391期

睡蓮之晨

睡醒了之後，打開心的門扉
幾滴晨間的
清涼露珠點亮了眼睛

粉紅的臉頰
隨著池水的波紋
迎接晨光來到的笑容

平披於水面的
蓮葉片片
對話蓮莖上單一挺直綻開的花瓣

一日的精神
飛來一隻蜻蜓的
倒立

2017/10/21/寫
刊於2019春季號文學台灣109期

秋之氣

我在庭院看雲，晨起
看楓葉咬破了嘴唇
帶著血紅飄落

遠山被秋風吹淡
漸層糢糊
綠草如茵，因下了幾天細雨

太陽有些慵懶
眼光帶著睏意
雲朵還帶晨起遮攔的羞色

我的行腳
踩著太極虛實的流動，向東
丹田吸納夏盡秋來的氣息

2018/8/30寫

刊於自由時報副刊2018//11/28

窗裏窗外

早晨陽光跨過窗戶
室內馬上掛起金色的鈴聲

朋友來訪
都說
這個窗口的風景
有莫內印象派的畫風
那個窗口的鳥鳴
很像柴可夫斯基的交響曲

沒人提問
一群麻雀早餐吃了沒？
沒人提問
孤單的鷺鷥
今夜落腳何處？
更沒人問
我掛在牆角的詩句
沾染了泥土味
什麼意思

2018/4/21寫
刊於文學台灣109期2019春季號

楓的告別

楓並不堅持
所以變色是她的本質
一切都隨時隨地改變
不以永持的顏面
測量複雜的世情

變異浪漫的姿態
多情的激越
冷冽離傷的飄搖
枝椏的孤傲
吊詭著葉紅纏綿的葉脈

更是秋深的的顫抖
無怨言恨語的揮別
須要相思季節的等待
愛戀的復甦，春的
展望割腕

夏日暴風雨的考驗
斷髮，而她的倩影再現

又在紅美的零亂中

淒切告別

2019/4/8夜寫

2019/9/26/刊於中國時報人間副刊

雲，我的注視

雲的美腿在我的窗口

更衣，裸露

我注視的片刻

午睡醒來

她已改裝溜走

不斷變化姿態的

雲，我喜歡也厭惡

變與不變

雲，有她自主神經的鑰鎖

我拿她一點竅門也沒有

我的自身

感覺一點也沒變

我的變，無感

雲的變，我不知

知與不知

感與無感

跌落在歲月的蟬聲中

脫殼，振翼而飛逝

2019/9/6寫

刊於2020/2/24中國時報人間副刊

殘秋之晨

白鷺鷥一隻飛起
群山都睜開
惺忪的眼睛
雲，亮開天空的
朵朵
喊叫：太陽趕快爬過山頂

早起的耕耘機
已練過熱身的早操
呼呼地拍打甦醒的大地
翻土才有再生的空間

放鬆放空
積慮的的烏雲
懸掛著
不捨一點雨滴

乾旱的泥土
荒野的殘秋一陣
餓狼成群的飆風
呼叫凜冽而過

2018/11/1寫
刊於鹽分地帶文學79期2019/03月

秋

稻谷懷孕後的胎氣

燃燒

體溫的

火，成熟金黃

風浪中的肚皮

消瘦了

秋風，吹著虛氣

白露白了秋分

寒露寒了霜降

秋的眼睛

含一水之媚的殺氣

2019/9/29/晨寫

中國時報人間副刊留用

高山茶癮

茶樹爬上高海拔
落落欲往不為飄逸
日往煙蘿紓雨雲煙，曠達
天地

葉葉仰望日月星靈
超心冶煉
絕愛凡塵
修得一片內勁風骨

打通春冬任督二脈揉得
一粒丹
煮沏一壺茶
釋放了日月精華
葉片掌紋
流通了齒舌成了仙人的狂想

2018/4/4寫

2018/7/16刊於聯合報副刊

一壺茶

一壺茶兩人喝
喝多少
春的料峭山風
冬的淒寒霜雨

一壺茶兩人喝
喝多少
晨間的柴油對話
暮昏的米鹽相擁

一壺茶兩人喝
喝多少
山嵐呼喚的激賞
溪澗湍流的甜美

日出的沉默
月落的無言
還是兩人喝
一壺茶

2016/4/14寫
刊於人間福報副刊2016/7/26

巻八 × 蟬

蟬聲禪

蟬聲
響，森林也響
禪坐聲域之內
吱吱——

蟬聲
響，森林也響
禪坐聲域之外
——

蟬聲
響，森林也響
禪坐聲域有無的邊沿
吱——吱——

2014/5/22寫

2014/8/22刊於聯合報副刊

蟬無知

蟬
無知無知無知地
吱叫
無知有冷熱
吱吱吱
不知不知地
吱叫
不知有昨日明日

有時我聽蟬聲
有時我不聽蟬聲
有時我無聽蟬聲

蟬繼續地叫著
無知無知
不知不知
蟬繼續地叫著

她不理我聽到聽不到
我也不理
有沒有聽到牠的叫聲

牠牠牠

我我我

熱浪的夏日

2014/6/13寫

刊於文訊347期2014/9月號

蟬不知

蟬
不知我在聽
牠，習慣躲藏
樹上隱密處
茂密的樹葉也無法遮掩
陽光碎片的撒落

盛夏熱潮的聲浪
催促人們酣睡的昏沉
不知醒或睡

寤寐中
那聲音裡，高亢的音符
撥弄
死亡步伐的琴線
我清晰的聞到
焦味

2014/6/10午時寫

刊於鹽分地帶文學54期2014年10月31日

蟬問

蟬聲吱吱吱
越過草叢
越過樹林
越過雨陣

震動我的耳膜
穿過我的腦神經
那聲浪要到哪裡去

到我的心底嗎
感覺還有一段距離
草叢樹林雨陣有心的底線嗎？
而我的心在哪裡

蟬與心的
距離，是甚麼方向甚麼路徑？
是甚麼的
我問

2016/6/18寫

刊於2016/10/12自由時報副刊

初夏第一聲蟬鳴

冬天寒霜淒苦過
春日繁花開又謝
五月初夏
蟬鳴第一聲
吱吱，遠山越過
吱吱，阡陌田野越過

爬上了
樹梢
大千世界遼闊溫婉，刺破
尖銳單直，橫掃
以生命振翼的刀劍，振波
如清晨滴碎的
一滴露珠

聲吶的生滅
年復一年的輪迴
而你自覺
坐忘在自我存在的貝葉中
高節的是歡唱
還是淒涼的喟嘆！

夏日的熱浪，木訥如魚
沒有回應

2019/5/27寫

刊於文訊408期2019年10月號

渡河

一隻芒鞋
要如何渡河？

春水蕩漾霧深
夏洪洶湧詭譎
秋水怡人迷惑
冬河苦煞凜冽

歲月的流水呀
已越過了足腿又淹及到腰胸
僅存喉管提問
杖策能知多少深淺？

一隻芒鞋
孤單的
正在渡河

2016/11/16寫

2017/11/9人間福報

誕生的距離——謁訪南林尼僧苑有感

聽說那裏有光
我們都是怕黑的蟲
想到那兒
膜拜拈一點火種,點亮
成為出蛹的飛蛾

雖然未見到佛陀
成佛象徵的舍利子,我們
跪拜塔外且冒雨環繞
三圈,濕了赤腳已很虔誠

藏經樓的貝葉經
一頁頁看不懂的梵文
寫著指向彼岸是
一條永遠望不見地平線的路

「來世不要再來人間」
法師開示:
「算命如有準
表示自己沒有超越改寫自己」
我們懵懂,只看到
寺院肅穆莊嚴

佛像慈悲的臉容，平靜
了，我們來自紅塵的心境

二〇一九年四月廿八日晨六點寫

2019/10/17刊於人間福報副刊

倒
立

倒立看天
天不是天
倒立看地
地不是地

倒立看天
天是倒立看到的天
倒立看地
地是倒立看到的地

倒立看天
天還是天
倒立看地
地還是地

如果不倒立呢
已認不出原來的樣子

2014/10/5寫

刊於笠詩刊308期2015/8月號

清晨閒坐

清晨松樹下
木椅木桌陪伴著
閒坐著，昨夜一陣喧嘩的雨聲之後
遠山岫出飄浮的雲霧
近野玉米稻子與已秋的熟黃
都垂彎了形色

幾隻鷺鷥飛過
寧靜的田野
平撫了夜裡浮燥的夢魘
平靜如鏡，水池無波
吸納一口清鮮空氣
雲霧散開
吐一口濁氣
太陽露臉

大地沉默有了翅膀的言語
飛翔的鳥鳴
烏秋喜鵲以及麻雀野鴿子
拍動眾聲喧譁的協奏曲
招來遠方雲朵的靜聽

2018/1/2寫

2019年1月24日刊於人間福報副刊

黃昏閒坐

黃昏的時針

鉤吊，我在松樹下閒坐

夕陽

揮動七彩的旗幟

演繹

日落的暉煌

群鳥

吱鳴歸巢

歌唱繞耳

都不如我閉目放下

淨空的

心境

不連飄忽的雲朵

也不接遠山的靜逸

2018/8/21寫

彼岸

陽光照射下
那邊壘壘的石頭發出閃閃亮光
隔著淼浩的流水
不知那亮光是否就是彼岸？

蘆葦在微風吹拂中
輕輕搖蕩
開出一遍白茫茫的花朵
在流水的那一邊
不知是否就是彼岸？

流水悠悠

刊於《華文現代詩》21期2019年5月號

晨間禪坐

想要進入我的內心
以求安靜
是否在我外面有煩惱？
我的內心有一股排斥的阻力擋住我
我的內心在哪裡？
為何有阻力擋住？

這個阻力是否也在我內心？
它如何形成？
為什麼要阻擋我進入？

我在進出之間徘徊
恍惚間
醒來，晨間的禪坐

睜開眼睛
窗外，晨曦中的疊翠群山
幾隻白鷺鷥悠然飛過

2019年11月22日晨寫
2020/3/11刊於人間福報副刊

有與無二行10則

1

有在無中流離
無在有裡消聲

2

有與無的距離
日與月的軌跡

3

有與無的親近
身與影的相隨

4

有與無的對決
手掌的互為拍打

5

有與無的呼喚
山與谷的回音

6

有與無的包融
瓶中的盈缺

7

有與無的心術
脈搏跳動的律動

8

有與無的兩極
風箏斷線的兩端

9

有與無的反背
門鎖啟開的手法

10

有與無的合體
愛與恨的昇華

2019/9/3寫

刊於《台灣詩學》吹鼓吹詩論壇39號，2019年12月

無法掌握的存在

走路的時候
你能把「走」拿出來吧？
看鳥的飛行
你能把「飛」拿出來吧？
聽水流聲音
你能把「流」拿出來吧？

我只感覺腳動的走
我只看到翅膀的飛
我只聽到水湍的流

物動易迭的變數
有什麼章法可掌握？
無法掌握的存在
如何存在？
詩的高境是在那裡的
是的吧

2019/2/2寫

之外，都是真實的

遠山近樹田野的
景象，都是真實的
投射到我的窗口
敘說著寓言

每日我在寓言中生活
體驗我的真實
雲的漂泊和我有書信手稿的來往
聽鳥的歌唱寫有天籟聲韻的詩句

風的羅漢流浪到玉米田停腳
稻穗在風中的繩索沉睡
有夢，真甜
牠們各有戀愛的對象
懷孕分娩繁殖眾多的子孫
欣欣向榮的族譜

在窗口，我享受天倫之樂
太陽
從早晨
拋出到黃昏撞到地球
轟然一響

倒臥於地平線之外，紅橙黃綠

藍靛紫

七彩的光芒

之外之外之外

都是真的

2019/9/8寫

2020年4月5日刊於《聯合報》人間副刊

《詩病田園花》詩集後記

岩上

　　《詩病田園花》是我繼《變體螢火蟲》後，第十一本單行本現代詩集。雖然《變體螢火蟲》於2015年7月出版，但其中的詩作只選到2013年而已，所以本詩集的作品是選錄自2014年至2019年前後六年間的詩作。而2019年寫的作品有幾首投寄給報紙雜誌，卻延至2020年才登刊的，所以如果要把寫作發表的時間延至2020年上半年也無不可。

　　本詩集共收121首長短詩，分卷為：詩、病、田、園、花、火、茶、蟬等八卷，詩集取前五卷作為名稱。分卷不一定是為了分類，有些詩作，基本上是難分類的。但「病」卷，在本詩集有特殊性的。近二年來，內感加外傷，與內人倆老頻頻進出醫院，多病體衰，形似秋殘。病詩似有成為特意書寫，實則仍是老境生活現況之所感懷。

　　四年前，由熙攘的城鎮市塵，遷徙到寧靜的鄉野與田村為伴之後，觀春耕、夏耘、秋收，農村景象；也種一些花果蔬菜。生活平靜淡素，常與友朋泡一壺茶閒聊，或自飲。望遠山近野，有時山雨欲來，飛雲奔流；或迷霧籠罩四周，天地昏暗。晨昏聽鳥叫歌唱，有時悲鳴。蟬如禪，感受到夏噪秋喘；

更能與庭院楓葉秋紅凋零，生成聲與象交感之自然季節景象的悲感，有以徵象老邁多病體衰，形如秋殘的多愁善感。外觸內感，氣之所動，有感交於性情的搖蕩，田、園、花、茶、蟬諸詩卷的作品，也都在於求得物我交融，日思夜想所生成的作品。至於「火」作，在平靜的修為中，仍不免尚有火氣，但都只是溫炱的宣洩而已；因詩而思，禪如蟬，止於言語之默然，烈鳴的不聞。

誠如簡政珍教授所言，詩人年長後，詩作比較會有「說」的傾向……。詩一說，就會散文化。所以我時時警惕自己，詩的語言要保持高度的詩性；探索詩本質的存在；詢問詩是否有本體？詩的本體即是詩的根源，也是詩發生論的問題。

梁・鍾嶸在其《詩品・序》曰：「氣之動物，物之感人，故搖蕩性情，形諸舞詠。」認為「氣」是詩的本體，發生的根本源頭。然而我探研易理，喜歡易變陰陽能動之說和老子之曰道。氣是物與物或人與物的交感能量，氣出於物，不是萬物發生於氣。宇宙發生論即是詩的發生肇始根本源頭。「神无方而易無體」（《易・繫辭・上傳第四章》）所以不立本體，與物推移，不凝滯於物；詩也無本體；「超超神明，返返冥無」（唐・司空圖《二十四詩品・流動》）。

寫詩，對我曾為現實生計奔波的生活，不但是奢侈，而且是浪費。但寫詩逾一甲子我無後悔。寫詩，對我來說，最大的收穫是發現；有時是冥想靜思；有時是自觀反省；常常是因詩感觀事物之所得，喜悅之心非任何物質所能替代。

八十歲以後生病以來，更覺梅洛・龐蒂所強調的身體感

通（telepathy）作用的重要性，身心是合一不分的。因病痛使我詩思有時無法清利、集中、準確。詩的不確定性，也許這樣也是好的，詩不在原設計的軌道上逆思，而另有一番恍惚的滋味，說不定也是不錯的吧！

簡政珍和向陽二位是現當代詩國靈山雲頂列仙班的詩人，也是學術界詩學領航的學者教授。他們豐彩的文筆和犀利的解析，將給予能閱讀本詩集的讀者，啟開導讀的門鎖；而二位教授詩人在我孤寂的詩途上，給我的鼓勵與肯定，更是

難得可貴的知音，特此表達深忱的謝意。

末了，還是要再感謝秀威公司和丁玉霈小姐、洪聖翔先生二位在編輯、印刷、出版的協助，本詩集才能順利的出版。

二〇二〇年四月十八日寫於上珍苑

國家圖書館出版品預行編目

詩病田園花 / 岩上著. -- 臺北市：致出版,
　2020.05
　　面；　公分
　　ISBN 978-986-98863-3-8(平裝)

863.51　　　　　　　　　109003224

詩病田園花

作　　者／岩　上
出版策劃／致出版
製作銷售／秀威資訊科技股份有限公司
　　　　　114 台北市內湖區瑞光路76巷69號2樓
　　　　　電話：+886-2-2796-3638
　　　　　傳真：+886-2-2796-1377
網路訂購／秀威書店：https://store.showwe.tw
　　　　　博客來網路書店：http://www.books.com.tw
　　　　　三民網路書店：http://www.m.sanmin.com.tw
　　　　　金石堂網路書店：http://www.kingstone.com.tw
　　　　　讀冊生活：http://www.taaze.tw

出版日期／2020年5月　　定價／300元
【2020年國家文化藝術基金會文學類出版補助】

致 出 版

向出版者致敬